suhrkamp taschenbuch 3633

Daniel Kehlmann hat einen hochironischen und international erfolgreichen Roman geschrieben, in dem die Ereignisse immer neue und überraschende Wendungen nehmen, ein brillant witziges Verwirrspiel um Lebenslügen und Wahrheit, um Manipulation, um Moral und Kunst.

»In dem Roman *Ich und Kaminski* will ein Kunst-Student die Biographie eines alten, blinden Malers schreiben. Aus dem Gerangel zwischen dem jungen Autor und seinem widerstrebenden Opfer machte Daniel Kehlmann eine bitterböse Satire über die Sucht nach Ruhm und die Roheit der Medien.«   *Der Spiegel*

»Selten war sich die Literaturkritik so einig: Daniel Kehlmanns Roman besticht durch einen souveränen Stil, scharfe Beobachtungsgabe und eleganten Witz.«   *Stern*

Daniel Kehlmann, geboren 1975, lebt in Wien. Er debütierte 1997 mit dem Roman *Beerholms Vorstellung* (st 3073). Ebenfalls im Suhrkamp Verlag erschienen 1998 der Erzählband *Unter der Sonne* (st 3130), 1999 *Mahlers Zeit. Roman* (st 3238), 2001 die Novelle *Der fernste Ort* (st 3627) und 2003 *Ich und Kaminski. Roman* (st 3653). 2005 publizierte Daniel Kehlmann den Roman *Die Vermessung der Welt.*

Daniel Kehlmann
Ich und Kaminski

Roman

Suhrkamp

Umschlagillustration: Davies + Starr

suhrkamp taschenbuch 3653
Erste Auflage 2004
© Suhrkamp Verlag Frankfurt am Main 2003
Suhrkamp Taschenbuch Verlag
Druck: Ebner & Spiegel, Ulm
Printed in Germany
Umschlag: Göllner, Michels, Zegarzewski
ISBN 3-518-45653-9
ISBN 978-3-518-45653-8

11 12 – 11 10 09 08 07

für Helena

Ich bin in der Tat ein einzigartiges Wesen.
Werde ich nicht überall gut aufgenommen?
Schenken mir nicht die bedeutendsten Köpfe
ganz besondere Beachtung? Ich habe eine
edle Seele, die immer wieder zum Vorschein
kommt, ein gewisses Maß an Kenntnissen,
alle möglichen Einfälle, einen originellen
Humor und eine ebensolche Ausdrucksweise;
dazu, so glaube ich, eine bemerkenswerte
Menschenkenntnis.

James Boswell: Journal, 29. Dezember 1764

I

Ich wachte auf, als der Schaffner an die Abteiltür klopfte. Es sei kurz nach sechs, in einer halben Stunde seien wir am Ziel. Ob ich gehört hätte? Ja, murmelte ich, ja. Mühsam richtete ich mich auf. Ich hatte quer über drei Sitzen gelegen, allein im Abteil, mein Rücken tat weh, mein Nacken fühlte sich steif an. In meine Träume hatten sich hartnäckig Fahrtgeräusche, Stimmen auf dem Gang und Ansagen auf irgendwelchen Bahnsteigen gemischt; immer wieder war ich aus unangenehmen Träumen aufgeschreckt; einmal hatte jemand hustend von draußen die Abteiltür aufgerissen, und ich hatte aufstehen müssen, um sie zu schließen. Ich rieb mir die Augen und sah aus dem Fenster: Es regnete. Ich zog meine Schuhe an, holte meinen alten Rasierapparat aus dem Koffer und ging gähnend hinaus.

Aus dem Spiegel der Zugtoilette betrachtete mich ein blasses Gesicht, die Haare unordentlich, auf der Wange die Abdrücke der Sitzpolsterung. Ich schloß den Rasierer an, er funktionierte nicht. Ich öffnete die Tür, sah noch den Schaffner am anderen Ende des Waggons und rief, daß ich Hilfe bräuchte.

Er kam und blickte mich mit einem dünnen Lächeln an. Der Rasierer, sagte ich, funktioniere nicht, offenbar gebe es hier keinen Strom. Natürlich gebe es Strom, antwortete er. Nein, sagte ich. Doch, sagte er. Nein! Er zuckte die Achseln, dann seien es vielleicht die Leitungen, er könne jedenfalls nichts machen. Aber das sei doch das mindeste, sagte ich, was man von einem

9

Schaffner erwarte! Nicht Schaffner, sagte er, Zugbegleiter. Ich sagte, das sei mir egal. Er fragte, wie ich das meine. Egal, sagte ich, wie man diesen überflüssigen Beruf nenne. Er würde sich, sagte er, von mir nicht beleidigen lassen, ich solle aufpassen, er könne mir auch in die Fresse hauen. Das möge er versuchen, sagte ich, ich würde mich ohnehin beschweren, er solle mir seinen Namen nennen. Er dächte nicht daran, sagte er, und ich stänke und bekäme eine Glatze. Dann wandte er sich ab und ging fluchend davon.

Ich schloß die Toilettentür und sah besorgt in den Spiegel. Natürlich war da keine Glatze; rätselhaft, wie der Affe darauf gekommen war. Ich wusch mir das Gesicht, ging ins Abteil zurück und zog mein Jackett an. Draußen reihten sich immer mehr Gleissträsträge, Masten und elektrische Leitungen aneinander, der Zug wurde langsamer, schon war auch der Bahnsteig zu sehen: Werbetafeln, Telefonzellen, Leute mit Gepäckwagen. Der Zug bremste und hielt.

Ich schob mich den Gang entlang in Richtung Tür. Ein Mann rempelte mich an, ich stieß ihn zur Seite. Der Schaffner stand auf dem Bahnsteig, ich reichte meinen Koffer hinunter. Er nahm ihn, sah mich an, lächelte und ließ ihn auf den Asphalt plumpsen. »Entschuldigung!« sagte er grinsend. Ich stieg aus, nahm den Koffer und ging davon.

Einen Mann in Uniform fragte ich nach meinem Verbindungszug. Er warf mir einen langen Blick zu, dann holte er ein zerknittertes Büchlein hervor, tippte bedächtig mit dem Zeigefinger an seine Zunge und begann zu blättern.

»Haben Sie keinen Computer?«

Er sah mich fragend an.

»Egal«, sagte ich, »machen Sie weiter.«

Er blätterte, seufzte, blätterte weiter. »ICE sechs Uhr fünfunddreißig Gleis acht. Dann umsteigen ...«

Ich ging schnell weiter, ich hatte keine Zeit für sein Geschwätz. Das Gehen fiel mir schwer, ich war es nicht gewöhnt, um diese Zeit schon wach zu sein. Auf Gleis acht stand mein Zug, ich stieg ein, betrat den Waggon, drückte eine fette Dame zur Seite, arbeitete mich auf den letzten freien Fensterplatz zu und ließ mich in den Sitz fallen. Nach ein paar Minuten fuhren wir los.

Mir gegenüber saß ein knochiger Herr mit Krawatte. Ich nickte ihm zu, er grüßte zurück und blickte woanders hin. Ich öffnete den Koffer, holte meinen Notizblock hervor und legte ihn auf das schmale Tischchen zwischen uns. Fast hätte ich sein Buch hinuntergestoßen, aber er konnte es gerade noch festhalten. Ich mußte mich beeilen, der Artikel hätte schon seit drei Tagen fertig sein sollen.

Hans Bahring, schrieb ich, *hat also seinen vielen ...* Nein! ... *zahlreichen Versuchen, uns durch Einblicke*, nein, *schlecht recherchierte Einblicke ins Leben bedeutender*, nein, *prominenter*, schon gar nicht. Ich überlegte. ... *historischer Persönlichkeiten zu Tode zu langweilen*, jawohl, *nun einen weiteren hinzugefügt. Seine eben erschienene Biographie des Künstlers*, nein, *Malers Georges Braque als mißraten zu bezeichnen wäre wahrscheinlich noch zu viel Ehre für ein Buch, das ...* Ich schob den Bleistift zwischen meine Lippen. Jetzt mußte etwas Treffendes kommen. Ich stellte mir Bahrings Gesicht beim Lesen des Artikels vor, trotzdem fiel mir nichts ein. Es machte weniger Spaß, als ich erwartet hatte.

Wahrscheinlich war ich einfach müde. Ich rieb mir das Kinn, die Stoppeln fühlten sich unangenehm an, ich mußte mich unbedingt rasieren. Ich legte den Bleistift weg und lehnte den Kopf an die Scheibe. Es begann zu regnen. Tropfen schlugen auf das Glas und zogen gegen die Fahrtrichtung davon. Ich blinzelte, der Regen wurde stärker, die Tropfen schienen im Zerplatzen Gesichter, Augen, Münder zu bilden, ich schloß die Augen, und während ich auf das Prasseln horchte, nickte ich ein: Für einige Sekunden wußte ich nicht, wo ich mich befand; mir war, als schwebte ich durch einen weiten, leeren Raum. Ich schlug die Augen auf: Über die Scheibe zog sich ein Wasserfilm, die Bäume neigten sich unter der Wucht des Regens. Ich schloß den Block und steckte ihn ein. Mir fiel auf, in welchem Buch der Mann vor mir las: *Picassos letzte Jahre* von Hans Bahring. Das gefiel mir nicht. Es kam mir vor, als sollte ich irgendwie verspottet werden.

»Schlimmes Wetter!« sagte ich.

Er sah für einen Moment auf.

»Nicht sehr gut, oder?« Ich zeigte auf Bahrings Machwerk.

»Ich finde es interessant!« sagte er.

»Weil Sie kein Experte sind.«

»Daran wird es liegen«, sagte er und blätterte um.

Ich lehnte meinen Kopf an die Nackenstütze, von der Nacht im Zug tat immer noch mein Rücken weh. Ich holte meine Zigaretten hervor. Der Regen ließ allmählich nach, schon tauchten die ersten Berge aus dem Dunst. Mit den Lippen zog ich eine Zigarette aus der Schachtel. Als ich das Feuerzeug aufschnappen ließ, fiel mir Kaminskis *Stilleben von Feuer und Spiegel* ein: ein zuckendes Gemisch heller Farbtöne, aus dem, als wollte sie die Leinwand verlassen, eine spitze Flamme sprang. Aus welchem Jahr? Ich wußte es nicht. Ich mußte mich besser vorbereiten.

»Das ist ein Nichtraucherwaggon.«

»Was?«

Der Mann zeigte, ohne aufzusehen, auf das Zeichen an der Scheibe.

»Nur ein paar Züge!«

»Das ist ein Nichtraucherwaggon«, wiederholte er.

Ich ließ die Zigarette fallen und trat sie aus, vor Wut biß ich die Zähne zusammen. Na schön, er wollte es so, ich würde nicht mehr mit ihm reden. Ich holte Komenews *Anmerkungen zu Kaminski* hervor, ein schlecht gedrucktes Taschenbuch mit einem unangenehmen Gestrüpp von Fußnoten. Es regnete nicht mehr, durch Risse in den Wolken zeigte sich blauer Himmel. Ich war immer noch sehr müde. Aber ich durfte nicht mehr schlafen, gleich mußte ich aussteigen.

Kurz darauf schlenderte ich frierend durch eine Bahnhofshalle, eine Zigarette zwischen den Lippen, in der Hand einen dampfenden Becher Kaffee. Auf der Toilette schloß ich meinen Rasierapparat an, er funktionierte nicht. Also auch hier kein Strom. Vor einer Buchhandlung war ein Drehständer mit Taschenbüchern: Bahrings *Rembrandt,* Bahrings *Picasso* und in der Auslage, natürlich, ein Hardcoverstapel von *Georges Braque oder Die Entdeckung des Kubus.* In einer Drogerie kaufte ich zwei Wegwerfrasierer und eine Tube Schaum. Der Regionalzug war fast leer, ich drückte mich in die weiche Sitzpolsterung und schloß sofort die Augen.

Als ich aufwachte, saß mir eine junge Frau mit roten Haaren, vollen Lippen und langen, schmalen Händen gegenüber. Ich sah sie an, sie tat so, als bemerkte sie es nicht. Ich wartete. Als ihr Blick meinen streifte, lächelte ich. Sie sah aus dem Fenster. Aber dann strich sie hastig ihre Haare zurück, ganz konnte sie ihre Nervosität nicht verbergen. Ich sah sie an und lächelte. Nach ein paar Minuten stand sie auf, nahm ihre Tasche und verließ den Waggon.

Dumme Person, dachte ich. Womöglich wartete sie jetzt im Speisewagen, aber mir war es egal, ich hatte keine Lust aufzustehen. Es war schwül geworden: Der Dunstschleier ließ die Berge abwechselnd nahe und fern erscheinen, an den Felswänden hingen zerfaserte Wolken, Dörfer flogen vorbei, Kirchen, Friedhöfe, Fabriken, ein Motorrad kroch einen Feldweg entlang. Dann wieder Wiesen, Wälder, Wiesen, Männer in Overalls schmierten dampfenden Teer auf eine Straße. Der Zug hielt, ich stieg aus.

Ein einziger Bahnsteig, ein rundes Vordach, ein kleines Haus mit Fensterläden, ein schnurrbärtiger Bahnwärter. Ich fragte nach meinem Zug, er sagte etwas, aber ich verstand seinen Dialekt nicht. Ich fragte noch einmal, er versuchte es wieder, wir sahen uns hilflos an. Dann führte er mich zu der Wandtafel mit den Abfahrtszeiten. Natürlich hatte ich gerade den Zug versäumt, und der nächste fuhr erst in einer Stunde.

Im Bahnhofsrestaurant war ich der einzige Gast. Dort hinauf? Das sei aber noch ein gutes Stück, sagte die Wirtin. Ob ich da Ferien machen wolle?

Im Gegenteil, sagte ich. Ich sei auf dem Weg zu Manuel Kaminski.

Es sei nicht die beste Jahreszeit, sagte sie, aber ein paar schöne Tage würde ich wohl haben. Das könne sie versprechen.

Zu Manuel Kaminski, wiederholte ich. Manuel Kaminski!

Kenne sie nicht, sagte sie, sei nicht aus der Gegend.

Ich sagte, er lebe seit fünfundzwanzig Jahren hier.

Also sei er nicht von hier, sagte sie, sie habe es ja gewußt. Die Küchentür flog auf, ein dicker Mann stellte eine fettglänzende Suppe vor mich hin. Ich betrachtete sie unsicher, aß ein wenig und sagte der Wirtin, wie schön ich es hier fände. Sie lächelte stolz. Auf dem Land, in der Natur, eben auch hier, in diesem Bahnhof. Weitab von allem, unter einfachen Menschen.

Sie fragte, wie ich das meine.

Nicht unter Intellektuellen, erklärte ich, verkünstelten Angebern mit Universitätsabschluß. Unter Leuten, die noch ihren Tieren nahe wären, ihren Feldern, den Bergen. Die früh schlafen gingen, früh aufständen. Die lebten, und nicht dachten!

Sie sah mich stirnrunzelnd an und ging hinaus; ich legte das Geld abgezählt auf den Tisch. Auf der wunderbar sauberen Toilette rasierte ich mich: Ich war noch nie geschickt darin gewesen, der Schaum mischte sich mit Blut, und als ich ihn abgewaschen hatte, zogen sich dunkle Streifen über mein plötzlich rot und nackt aussehendes Gesicht. Eine Glatze? Unbegreiflich, wie er darauf gekommen war! Ich schüttelte den Kopf, mein Spiegelbild tat das gleiche.

Der Zug war winzig. Nur zwei Waggons hinter einer kleinen Lokomotive, hölzerne Sitze, keine Kofferablage. Zwei Männer in groben Kitteln, eine alte Frau. Sie sah mich an und sagte etwas Unverständliches, die Männer lachten, wir fuhren los.

Es ging steil bergauf. Die Schwerkraft drückte mich gegen das Holz, als sich der Zug in die Kurve lehnte, fiel mein Koffer um, einer der Männer lachte, ich warf ihm einen wütenden Blick zu. Noch eine Kurve. Und noch eine. Mir wurde schwindlig. Neben uns öffnete sich die Schlucht: ein steil abfallender Grashang mit bizarren Disteln und in den Boden gekrallten Nadelbäumen. Wir fuhren durch einen Tunnel, die Schlucht sprang auf unsere rechte und, noch ein Tunnel, zurück auf die linke Seite. Es roch nach Kuhmist. Ein dumpfes Druckgefühl legte sich auf meine Ohren, ich schluckte, und es verschwand, aber nach ein paar Minuten kam es wieder und blieb. Nun gab es schon keine Bäume mehr, nur umzäunte Almen und die Umrisse der Berge jenseits des Abhangs. Noch eine Kurve, der Zug bremste, mein Koffer fiel zum letzten Mal um.

Ich stieg aus und zündete eine Zigarette an. Das Schwindelgefühl ließ nach. Hinter dem Bahnhof war die Dorfstraße, dahinter ein zweistöckiges Haus mit verwitterter Holztür und offenen Fensterläden: *Pension Schönblick, Frühstück, gute Küche.* Ein Hirschkopf sah mich trüb aus einem Fenster an. Nichts zu machen, hier hatte ich reserviert, alles andere war zu teuer.

An der Rezeption stand eine große Frau mit aufgesteckter Frisur. Sie sprach langsam und gab sich Mühe, trotzdem mußte ich mich konzentrieren, um sie zu verstehen. Ein zotteliger Hund beschnüffelte den Boden. »Bringen Sie den Koffer auf mein Zimmer«, sagte ich, »dann brauche ich noch ein zusätzliches Kissen, eine Decke und Papier! Viel Papier. Wie komme ich zu Kaminski?«

Sie legte zwei Wulsthände auf den Rezeptionstisch und sah mich an. Der Hund fand irgend etwas und fraß es geräuschvoll auf.

»Er wartet auf mich«, sagte ich. »Ich bin kein Tourist. Ich bin sein Biograph.«

Sie schien nachzudenken. Der Hund drückte die Nase gegen meinen Schuh. Ich widerstand dem Wunsch, ihn zu treten.

»Hinter dem Haus«, sagte sie, »den Weg hinauf. Eine halbe Stunde, das Haus mit dem Turm. Hugo!«

Ich brauchte einen Augenblick, um zu begreifen, daß das dem Hund gegolten hatte. »Es fragen wohl oft Leute nach ihm?«

»Wer?«

»Ich weiß nicht. Urlauber. Bewunderer. Irgend jemand.«

Sie zuckte die Achseln.

»Wissen Sie überhaupt, wer dieser Mann ist?«

Sie schwieg. Hugo grunzte und ließ etwas aus dem Maul fallen; ich bemühte mich, nicht hinzusehen. Ein Traktor tuckerte am Fenster vorbei. Ich bedankte mich und ging hinaus.

Der Weg begann hinter dem Halbrund des Hauptplatzes, hob sich in zwei Windungen über die Dächer und führte durch ein bräunliches Schotterfeld. Ich holte tief Luft und ging los.

Es war schlimmer, als ich erwartet hatte. Schon nach wenigen Schritten klebte mir das Hemd am Körper. Aus den Wiesen stieg warmer Dampf, die Sonne brannte, Schweiß lief mir über die Stirn. Als ich keuchend stehenblieb, hatte ich gerade zwei Serpentinen geschafft.

Ich zog das Jackett aus und legte es mir um die Schultern. Es fiel zu Boden; ich versuchte, mir die Ärmel um die Hüften zu binden, Schweiß geriet mir in die Augen, ich wischte ihn weg. Ich schaffte wieder zwei Serpentinen, dann mußte ich rasten.

Ich setzte mich auf den Boden. Eine Mücke sirrte, ein hoher Ton, der abrupt aufhörte, um meinen Kopf; Sekunden später begann meine Wange zu jucken. Die Nässe des Grases drang durch meine Hose. Ich stand auf.

Es kam wohl vor allem darauf an, den richtigen Rhythmus zwischen Schritten und Atemzügen zu finden. Aber es gelang nicht, immer wieder mußte ich Pausen machen, bald war ich am ganzen Körper naß, mein Atem ging kurz und rasselnd, die Haare klebten mir im Gesicht. Etwas brummte, ich sprang erschrocken zur Seite, ein Traktor überholte mich. Der Mann im Fahrersitz sah mich gleichgültig an, sein Kopf wippte mit den Stößen des Motors.

»Kann ich mitfahren?« brüllte ich. Er beachtete mich nicht. Ich versuchte Schritt zu halten, fast hätte ich es geschafft, aufzuspringen. Doch dann fiel ich zurück und konnte ihn nicht mehr einholen, ich sah zu, wie er davonkletterte, schrumpfte und um die letzte Biegung verschwand. Noch eine ganze Weile hing sein Dieselgeruch in der Luft.

Eine halbe Stunde später stand ich oben, atmete schwer und hielt mich benommen an einem Holzpfahl fest. Als ich mich umdrehte, schien der Hang in die Tiefe und der Himmel in die Höhe zu schnellen, alles kippte vornüber, ich klammerte mich an den Pfahl und wartete, bis der Schwindelanfall vorüberging. Um mich war schütteres Gras, durchmischt mit Schotter, vor mir fiel der Weg sachte ab. Ich folgte ihm langsam, nach zehn Minuten endete er in einem kleinen, nach Süden offenen Felskessel mit drei Häusern, einem Parkplatz und einer ins Tal führenden Asphaltstraße.

Tatsächlich: Eine breite, geteerte Straße! Ich hatte einen gewaltigen Umweg genommen; außerdem hätte ich mit dem Taxi herauffahren können. Ich dachte an meine Wirtin: Das würde ihr noch leid tun! Auf dem Platz parkten, ich zählte nach, neun Autos. Auf dem ersten Türschild stand *Clure*, auf dem zweiten *Dr. Günzel*, auf dem dritten *Kaminski*. Ich betrachtete es eine Weile. Ich mußte mich an den Gedanken gewöhnen, daß er wirklich hier wohnte.

Das Haus war groß und unschön: zwei Stockwerke und ein spitzer Zierturm in klobig nachgeahmtem Jugendstil. Vor dem Gartentor parkte ein grauer BMW; ich betrachtete ihn neidisch, so einen Wagen hätte ich gerne einmal gefahren. Ich strich meine Haare zurück, zog das Jackett an und betastete den Mückenstich auf meiner Wange. Die Sonne stand schon niedrig, mein Schatten fiel schmal und länglich vor mir auf den Rasen. Ich läutete.

II

Schritte näherten sich, ein Schlüssel wurde herumgedreht, die Tür sprang auf, und eine Frau in einer dreckigen Schürze sah mich prüfend an. Ich sagte meinen Namen, sie nickte und schloß die Tür.

Gerade als ich noch einmal läuten wollte, ging die Tür wieder auf: eine andere Frau, Mitte vierzig, groß gewachsen und mager, schwarze Haare und fast asiatisch schmale Augen. Ich sagte meinen Namen, mit einer knappen Handbewegung bedeutete sie mir, hereinzukommen. »Wir haben Sie erst übermorgen erwartet!«

»Ich habe es früher geschafft.« Ich folgte ihr durch einen möbellosen Flur, an dessen Ende eine Tür offenstand; von dort hörte ich durcheinanderredende Stimmen. »Ich hoffe, das macht keine Umstände.« Ich gab ihr Zeit, damit sie beteuern konnte, es mache keine, aber sie tat es nicht. »Das mit der Straße hätten Sie mir aber sagen können! Ich bin einen Feldweg heraufgekommen, ich hätte abstürzen können. Sie sind die Tochter?«

»Miriam Kaminski«, sagte sie kühl und öffnete eine andere Tür. »Warten Sie bitte!«

Ich ging hinein. Ein Sofa und zwei Stühle, auf dem Fensterbrett ein Radio. An der Wand hing das Ölbild einer dämmrigen Hügellandschaft; vermutlich Kaminskis mittlere Periode, frühe fünfziger Jahre. Über der Heizung war die Wand rußig verfärbt, an ein paar Stellen hingen Staubfäden von der Decke, bewegt von einem nicht spürbaren Luftzug. Ich wollte mich setzen, aber in diesem Moment kamen Miriam und, ich erkannte ihn sofort, ihr Vater herein.

Ich hatte nicht damit gerechnet, daß er so klein war, so winzig und unförmig im Vergleich zu der schlanken Gestalt auf alten Abbildungen. Er trug einen Pullover und eine undurchsichtige schwarze Brille, die eine Hand lag auf Miriams Arm, die andere stützte sich auf einen weißen Spazierstock. Seine Haut war braun und auf ledrige Art faltig, die Wangen hingen schlaff herab, seine Hände wirkten übergroß, die Haare standen wirr um seinen Kopf. Er trug abgewetzte Cordhosen und Turnschuhe, der rechte war nicht zugebunden, und die Schnürsenkel schleiften hinter ihm her. Miriam führte ihn zu einem Stuhl, er tastete nach der Armlehne und setzte sich. Sie blieb stehen und sah mich aufmerksam an.

»Sie heißen Zöllner«, sagte er.

Ich zögerte, es hatte nicht wie eine Frage geklungen, auch mußte ich einen Moment grundloser Schüchternheit überwinden. Ich streckte die Hand aus, begegnete Miriams Blick und zog sie wieder zurück; natürlich, ein dummer Fehler! Ich räusperte mich. »Sebastian Zöllner.«

»Und wir warten auf Sie.«

War das nun eine Frage gewesen? »Wenn es Ihnen recht ist«, sagte ich, »können wir sofort beginnen. Ich habe alle Vorarbeiten gemacht.« Tatsächlich, ich war fast zwei Wochen lang unterwegs gewesen. Ich hatte noch nie soviel Zeit einer einzigen Sache gewidmet. »Sie werden überrascht sein, wie viele alte Bekannte ich gefunden habe.«

»Vorarbeit …!« wiederholte er. »Bekannte.«

Leichte Unruhe stieg in mir auf. Verstand er, was ich sagte? Seine Kiefer bewegten sich, er legte den Kopf schief und schien, aber natürlich war das eine Täuschung, an mir vorbei auf das Bild an der Wand zu sehen. Ich blickte Miriam hilfesuchend an.

»Mein Vater hat wenig alte Bekannte.«

»So wenige nicht«, sagte ich. »Allein in Paris …«

»Sie müssen entschuldigen«, sagte Kaminski. »Ich komme gerade aus dem Bett. Ich habe zwei Stunden lang versucht einzuschlafen, dann habe ich eine Schlaftablette genommen und bin aufgestanden. Ich brauche Kaffee.«

»Du darfst keinen Kaffee trinken«, sagte Miriam.

»Eine Schlaftablette vor dem Aufstehen?« fragte ich.

»Ich warte immer bis zum Schluß, für den Fall, daß ich es allein schaffe. Sie sind mein Biograph?«

»Ich bin Journalist«, sagte ich, »schreibe für mehrere große Zeitungen. Zur Zeit arbeite ich an Ihrer Lebensgeschichte. Ich habe noch ein paar Fragen, von mir aus können wir morgen anfangen.«

»Artikel?« Er hob eine seiner riesigen Hände und strich sich über das Gesicht. Seine Kiefer bewegten sich. »Morgen?«

»Vor allem werden Sie mit mir arbeiten«, sagte Miriam. »Er braucht Ruhe.«

»Ich brauche keine Ruhe«, sagte er.

Ihre andere Hand legte sich auf seine andere Schulter, sie lächelte mich über seinen Kopf hinweg an. »Die Ärzte sehen das anders.«

»Ich bin für jede Hilfe dankbar«, sagte ich vorsichtig.

»Aber natürlich ist Ihr Vater der wichtigste Gesprächspartner. Die Quelle schlechthin.«

»Ich bin die Quelle schlechthin«, sagte er.

Ich rieb mir die Schläfen. Das lief nicht gut. Ruhe? Ich brauchte auch Ruhe, jeder brauchte Ruhe. Lächerlich! »Ich bin ein großer Anhänger Ihres Vaters, seine Bilder haben die Art verändert ... wie ich die Dinge sehe.«

»Aber das stimmt doch nicht«, sagte Kaminski.

Ich begann zu schwitzen. Natürlich stimmte das nicht, aber ich hatte noch nie einen Künstler getroffen, der diesen Satz nicht glaubte. »Ich schwöre Ihnen!« Ich legte eine Hand auf mein Herz, erinnerte mich, daß diese Geste bei ihm keine Wirkung haben konnte, und zog sie schnell wieder weg. »Einen größeren Bewunderer als Sebastian Zöllner haben Sie nicht.«

»Wen?«

»Mich.«

»Ach ja.« Er hob den Kopf und senkte ihn wieder, für eine Sekunde war mir, als hätte er mich angesehen.

»Wir sind froh, daß Sie diese Arbeit übernehmen«, sagte Miriam, »es gab mehrere Anfragen, aber ...«

»So viele gab es nicht«, sagte Kaminski.

»... Ihr Verleger hat Sie sehr empfohlen. Er hält viel von Ihnen.«

Das war schwer zu glauben. Ich war Knut Megelbach nur einmal in seinem Büro begegnet. Er war händeringend auf und ab gegangen, hatte mit der einen Hand Bücher aus dem Regal genommen und wieder zurückgestellt, mit der anderen das Kleingeld in seiner Hosentasche klimpern lassen. Ich hatte von der bevorstehenden Kaminski-Renaissance gesprochen: Neue Dissertationen würden geschrieben, das Centre Pompidou bereite eine Sonderausstellung vor, und da sei auch der dokumentarische Wert seiner Erinnerungen, man dürfe nicht vergessen, was er noch gesehen, wen er gekannt habe; Matisse sei sein Lehrer, Picasso sein Freund, Richard Rieming, der große Dichter, sein Ziehvater gewesen. Ich sei gut mit Kaminski bekannt, eigentlich sogar befreundet, es bestehe kein Zweifel, daß er freimütig mit mir sprechen würde. Bloß eine Kleinigkeit fehle noch, dann würde alles Interesse sich ihm zuwenden, die Illustrierten würden über ihn schreiben, der Preis seiner Bilder würde steigen und die Biographie ein sicherer Erfolg. »Und was ist das?« hatte Megelbach gefragt. »Was fehlt?« – »Er muß natürlich sterben.« – Eine Weile war Megelbach auf und ab gegangen und hatte nachgedacht. Dann war er stehengeblieben, hatte mich lächelnd angesehen und genickt.

»Das freut mich«, sagte ich. »Knut ist ein alter Freund.«

»Wie heißen Sie noch?« fragte Kaminski.

»Wir müssen ein paar Dinge festlegen«, sagte Miriam. »Wir möchten…«

Das Geräusch meines Mobiltelefons unterbrach sie. Ich zog es aus der Hosentasche, sah die Nummer des Anrufers und schaltete ab.

»Was war das?« fragte Kaminski.

»Wir möchten Sie bitten, uns alles vorzulegen, was Sie veröffentlichen wollen. Als Gegenleistung für unsere Mitarbeit. Einverstanden?«

Ich sah ihr in die Augen. Ich erwartete, daß sie meinem Blick ausweichen würde, aber seltsamerweise hielt sie stand. Nach ein paar Sekunden sah ich auf den Boden, auf meine schmutzigen Schuhe hinunter. »Natürlich.«

»Und was die alten Bekannten angeht, die werden Sie nicht brauchen. Sie haben uns.«

»Leuchtet ein«, sagte ich.

»Morgen bin ich verreist«, sagte sie, »aber übermorgen können wir beginnen. Sie stellen mir Ihre Fragen, wenn es nötig ist, hole ich seine Auskunft ein.«

Ich schwieg ein paar Sekunden. Ich hörte Kaminskis pfeifenden Atem, seine Lippen bewegten sich schmatzend. Miriam sah mich an.

»Einverstanden«, sagte ich.

Kaminski beugte sich vor und bekam einen Hustenanfall, seine Schultern schüttelten sich, er preßte die Hand auf den Mund, sein Gesicht lief rot an. Ich mußte mich zusammennehmen, um ihm nicht auf die Schulter zu klopfen. Als es vorbei war, saß er starr, wie ausgeleert da.

»Dann wäre alles geklärt«, sagte Miriam. »Wohnen Sie im Dorf?«

»Ja«, sagte ich unbestimmt. »Im Dorf.« Wollte sie mich bitten, hier im Haus zu übernachten? Eine schöne Geste.

»Gut, wir müssen jetzt zu den Gästen zurück. Wir sehen uns übermorgen.«

»Sie haben Gäste?«

»Leute aus der Nachbarschaft und unseren Galeristen. Kennen Sie ihn?«

»Ich habe letzte Woche mit ihm gesprochen.«

»Werden wir ausrichten«, sagte sie. Ich hatte das

Gefühl, daß sie schon an etwas anderes dachte. Sie drückte mir überraschend fest die Hand und half ihrem Vater beim Aufstehen. Die beiden gingen langsam zur Tür.

»Zöllner.« Kaminski blieb stehen. »Wie alt sind Sie?«

»Einunddreißig.«

»Warum machen Sie das?«

»Was?«

»Journalist. Mehrere große Zeitungen. Was wollen Sie?«

»Ich finde es interessant! Man lernt viel und kann sich mit Dingen beschäftigen, die...«

Er schüttelte den Kopf.

»Ich würde nichts anderes wollen!«

Er stieß ungeduldig seinen Stock auf den Boden.

»Ich weiß nicht, ich... bin irgendwie hineingeraten. Früher war ich bei einer Werbeagentur.«

»So?«

Das hatte seltsam geklungen; ich sah ihn an und versuchte zu verstehen, was er gemeint hatte. Aber sein Kopf sank auf die Brust, und seine Miene wurde leer. Miriam führte ihn hinaus, und ich hörte, wie ihre Schritte sich entfernten.

Ich setzte mich in den Stuhl, in dem gerade noch der Alte gesessen hatte. Sonnenstrahlen fielen schräg ins Fenster, in ihnen tanzten silberne Staubkörnchen. Es mußte schön sein, hier zu wohnen. Ich stellte es mir vor: Miriam war ungefähr fünfzehn Jahre älter als ich, aber damit konnte ich leben, sie sah noch gut aus. Er würde nicht mehr lange dasein, uns blieben das Haus, sein Geld, sicher auch einige Bilder. Ich würde hier wohnen, den Nachlaß verwalten, vielleicht ein Museum einrichten. Ich hätte endlich Zeit, etwas Großes zu schreiben, ein dickes Buch. Nicht zu dick, doch dick genug für die Romanregale in den Buchhandlungen. Womöglich ein Gemälde meines Schwiegervaters auf dem Cover. Oder doch lieber etwas Klassisches. Vermeer? Titel in dunkler Schrift. Fadenheftung, dickes Papier. Mit meinen Beziehungen würde ich mir ein paar gute Kritiken verschaffen. Ich wiegte den Kopf, stand auf und ging hinaus.

Die Tür am Ende des Flures war nun geschlossen, doch die Stimmen waren noch zu hören. Ich knöpfte mein Jackett zu. Jetzt kam es auf Entschlossenheit an, auf weltmännisches Verhalten. Ich räusperte mich und ging schnellen Schrittes hinein.

Ein großes Zimmer mit gedecktem Tisch und zwei Kaminskis an den Wänden: ein gänzlich abstrakter und eine neblige Städteansicht. Um den Tisch und am Fenster standen Leute mit Gläsern in den Händen. Als ich eintrat, wurde es still.

»Hallo!« sagte ich. »Ich bin Sebastian Zöllner.«

Das brach sofort das Eis; ich spürte, wie die Stimmung sich löste. Ich streckte einem nach dem anderen die Hand entgegen. Da waren zwei ältere Herren, offenbar einer der Honoratioren des Dorfes und ein Bankier aus der Hauptstadt. Kaminski murmelte vor sich hin; Miriam sah mich entgeistert an und schien etwas sagen zu wollen, aber dann schwieg sie. Ein würdevolles englisches Ehepaar stellte sich mir als Mr. und Mrs. Clure, die Nachbarn, vor. »Are you the writer?« fragte ich. – »I guess so«, antwortete er. Und natürlich Bogovic, der Galerist, mit dem ich erst vor zehn Tagen gesprochen hatte. Er gab mir die Hand und betrachtete mich nachdenklich.

»I understand that your new book will appear soon«, sagte ich zu Clure. »What's the title?«

Er warf seiner Frau einen Blick zu. »*The Forger's Fear.*«

«A brilliant one!« sagte ich und gab ihm einen Klaps auf den Oberarm. »Send it to me, I'll review it!« Ich lächelte Bogovic zu, der aus irgendeinem Grund so tat, als erinnerte er sich nicht an mich; dann wandte ich mich zum Tisch, wo die Haushälterin mit hochgezogenen Brauen noch ein Gedeck auflegte. »Bekomme ich auch ein Glas?« Miriam sagte leise etwas zu Bogovic, er runzelte die Stirn, sie schüttelte den Kopf.

Wir setzten uns zu Tisch. Es gab eine völlig geschmacklose Suppe aus Äpfeln und Gurken. »Anna ist Expertin für meine Diät!« sagte Kaminski. Ich begann von meiner Reise zu erzählen, von der Frechheit des Schaffners heute morgen, der Ahnungslosigkeit der Bahnangestellten, dem erstaunlich wechselhaften Wetter.

»Regen kommt und geht«, sagte Bogovic. »So macht er das.«

»As if in training«, sagte Clure.

Dann erzählte ich von der Pensionsbesitzerin, die tatsächlich nicht gewußt hatte, wer Kaminski war. Man müsse sich das vorstellen! Ich schlug auf den Tisch, Gläser klirrten, mein Temperament wirkte ansteckend. Bogovic rückte seinen Stuhl hin und her, der Bankier redete leise mit Miriam, ich sprach lauter, er verstummte. Anna brachte Erbsen und Maiskuchen, sehr trocken, kaum hinunterzuschlucken, offenbar das Hauptgericht.

Dazu gab es miserablen Weißwein. Ich konnte mich nicht erinnern, je so schlecht gegessen zu haben.

»Robert«, sagte Kaminski, »tell us about your novel!«

»I wouldn't dare call it a novel, it's a modest thriller for unspoilt souls. A man happens to find out, by mere chance, that a woman who left him a long time ago ...«

Ich begann, von meinem beschwerlichen Aufstieg zu erzählen. Ich imitierte den Traktorfahrer und seinen Gesichtsausdruck, zeigte, wie der Motor ihn durchgeschüttelt hatte. Mein Spiel erregte Heiterkeit. Ich beschrieb meine Ankunft, mein Entsetzen über die Entdeckung der Straße, meine Untersuchung der Briefkästen. »Stellen Sie sich vor! Günzel! Was für ein Name!«

»Wieso?« fragte der Bankier.

»Na hören Sie, so kann man doch nicht heißen!« Ich beschrieb, wie Anna mir die Tür geöffnet hatte. In diesem Moment kam sie mit der Nachspeise herein; natürlich erschrak ich, aber ich wußte instinktiv, daß es ein großer Fehler gewesen wäre, einfach zu verstummen. Ich machte ihr Glotzen nach, zeigte, wie sie die Tür vor mir zugeschlagen hatte. Ich wußte genau, daß der Imitierte sich selbst stets als letzter wiedererkennt. Und wirklich: Sie stellte das Tablett so fest ab, daß es klirrte, und ging hinaus. Bogovic starrte aus dem Fenster, der Bankier hatte die Augen geschlossen, Clure rieb sich das Gesicht. In der Stille hörte man sehr laut Kaminskis Schmatzen.

Beim Dessert, einer zu süßen Schokoladencreme, erzählte ich von einer Reportage, die ich über den so spektakulär verstorbenen Künstler Wernicke geschrieben hatte. »Sie kennen doch Wernicke?« Seltsamerweise kannte ihn niemand. Ich beschrieb den Moment, als die Witwe einen Teller nach mir geworfen hatte, einfach so, in ihrem Wohnzimmer, sie hatte mich an der Schulter getroffen, und es hatte ziemlich weh getan. Ehefrauen, erklärte ich, seien überhaupt der Alptraum jedes Biographen, und einer der Gründe, warum diese neue Arbeit für mich so erfreulich sei, sei eben die Abwesenheit... Aber man würde mich schon verstehen!

Kaminski machte eine Handbewegung, wie auf Befehl standen alle auf. Wir traten auf die Terrasse. Die Sonne sank in den Horizont, die Berghänge traten dunkelrot hervor. »Amazing!« sagte Mrs. Clure, ihr Mann strich ihr sanft über die Schulter. Ich trank mein Weinglas aus und sah mich nach jemandem um, der nachschenken würde. Ich fühlte mich angenehm müde. Ich hätte jetzt heimgehen und noch einmal die Tonbänder mit den Gesprächen der letzten zwei Wochen anhören müssen. Aber ich hatte keine Lust. Vielleicht würden sie mich ja doch einladen, hier oben zu übernachten. Ich stellte mich neben Miriam und sog die Luft ein. »Chanel?«

»Wie bitte?«

»Ihr Parfum.«

»Wie? Nein.« Sie schüttelte den Kopf und trat von mir weg. »Nein!«

»Sie sollten gehen, solange Sie noch Licht haben«, sagte Bogovic.

»Ich komme schon zurecht.«

»Sie finden sonst nicht zurück!«

»Wissen Sie das aus Erfahrung?«

Bogovic grinste. »Ich bin nie zu Fuß unterwegs.«

»Die Straße ist nicht beleuchtet«, sagte der Bankier.

»Jemand könnte mich mit dem Auto mitnehmen«, schlug ich vor.

Ein paar Sekunden war es still.

»Die Straße ist nicht beleuchtet«, wiederholte der Bankier.

»Er hat recht«, sagte Kaminski heiser. »Sie sollten hinunter.«

»It's much safer«, sagte Clure.

Ich hielt mein Glas fester und blickte von einem zum anderen. Zwischen ihren Silhouetten spielte das Abendrot. Ich räusperte mich, jetzt war der Moment, da jemand mich auffordern mußte, zu bleiben. Ich räusperte mich noch einmal. »Also dann ... mache ich mich auf den Weg.«

»Folgen Sie der Straße«, sagte Miriam. »Nach einem Kilometer kommt ein Wegweiser, dort biegen Sie links ab, in zwanzig Minuten sind Sie da.«

Ich warf ihr einen wütenden Blick zu, stellte das Glas auf den Boden, knöpfte mein Jackett zu und ging los. Nach ein paar Schritten hörte ich sie alle hinter mir auflachen. Ich horchte, aber ich konnte schon nichts mehr verstehen; der Wind trug mir nur einzelne Wortfetzen zu. Mir war kalt. Ich ging schneller. Ich war froh, wegzukommen. Ekelhafte Speichellecker, widerlich, wie sie sich anbiederten! Der alte Mann tat mir leid.

Es wurde wirklich sehr rasch dunkel. Ich mußte die Augen zusammenkneifen, um den Lauf der Straße auszumachen; ich spürte Gras unter mir, blieb stehen, tastete mich vorsichtig zurück auf den Asphalt. Im Tal waren schon deutlich die Lichtpunkte der Laternen zu sehen. Dort war der Wegweiser, schon nicht mehr lesbar, da der Pfad, auf dem ich hinuntermußte.

Ich rutschte aus und schlug der Länge nach hin. Vor Wut packte ich einen Stein und schleuderte ihn in die Schwärze des Tals. Ich rieb mir das Knie und stellte mir vor, wie er fiel und andere Steine mitnahm, mehr davon und mehr, bis schließlich ein Hangrutsch irgendwo einen arglosen Spaziergänger begrub. Der Gedanke gefiel mir, und ich warf noch einen Stein. Ich war unsicher, ob ich noch auf dem Weg war, unter mir löste sich Schotter, fast wäre ich wieder gefallen. Mir war kalt. Ich bückte mich, befühlte den Boden, spürte die hartgetretene Erde des Weges. Sollte ich mich einfach hinsetzen und auf den Tagesanbruch warten? Ich würde vielleicht erfrieren und mich noch vorher zu Tode langweilen, aber immerhin würde ich nicht abstürzen.

Nein, das kam nicht in Frage! Blind setzte ich einen Fuß vor den anderen, schob mich in winzigen Schritten vorwärts, hielt mich an Büschen fest. Gerade als ich überlegte, um Hilfe zu rufen, formten sich die Konturen einer Hausmauer und eines flachen, steingedeckten Daches. Und dann sah ich Fenster, Licht schimmerte durch zugezogene Vorhänge, ich war auf einer erleuchteten Straße. Ich bog um die Ecke und stand auf dem Dorfplatz. Zwei Männer in Lederjacken sahen mich neugierig an, auf dem Balkon eines Hotels drückte eine Frau mit Lockenwicklern einen winselnden Pudel an sich.

Ich stieß die Tür der Pension *Schönblick* auf und sah mich nach der Wirtin um, aber sie war nicht zu sehen, die Rezeption leer. Ich nahm meinen Schlüssel und ging die Treppe hinauf in mein Zimmer. Neben dem Bett stand mein Koffer, an den Wänden hingen Aquarelle, die Kühe darstellten, eine Edelweißblüte, einen Bauern mit struppig weißem Bart. Von dem Sturz war meine Hose schmutzig, und eine andere hatte ich nicht mit, aber das würde sich abklopfen lassen. Ich brauchte sofort ein heißes Bad.

Während die Wanne vollief, packte ich das Diktaphon, die Schachtel mit den Gesprächskassetten und den Bildband *Manuel Kaminski, das Gesamtwerk* aus. Ich hörte die Nachrichten auf meinem Mobiltelefon ab: Elke bat mich, sofort anzurufen. Der Kulturredakteur der *Abendnachrichten* brauchte so bald wie möglich den Bahring-Verriß. Dann noch einmal Elke: Sebastian, ruf an, es ist wichtig! Und ein drittes Mal: Bastian, *bitte!* Ich nickte versonnen und schaltete das Telefon ab.

Im Badezimmerspiegel betrachtete ich mit einem vage unzufriedenen Gefühl meine Nacktheit. Ich legte den Bildband neben die Wanne. Der Schaum, leise knisternd, roch süßlich und angenehm. Langsam glitt ich ins Wasser, für ein paar Sekunden nahm mir die Hitze den Atem; mir war, als triebe ich in ein weites, unbewegtes Meer. Dann tastete ich nach dem Buch.

III

Zu Beginn die mißratenen Zeichnungen des Zwölfjährigen: Menschen mit Flügeln, Vögel mit Menschenköpfen, Schlangen und durch die Luft schwebende Schwerter, nicht das geringste Zeichen von Begabung. Dennoch hatte der große Richard Rieming, der zwei Jahre lang in Paris mit Manuels Mutter zusammengelebt hatte, einige davon in seinen Gedichtband *Worte am Wegrand* aufgenommen. Nach Kriegsausbruch mußte Rieming emigrieren, nahm ein Schiff nach Amerika und starb während der Überfahrt an Lungenentzündung. Zwei Kinderfotos zeigten den rundlichen Manuel im Matrosenanzug, einmal mit einer seine Augen grotesk vergrößernden Brille, das andere Mal blinzelnd, als wäre er zu starkem Licht ausgesetzt. Kein schönes Kind. Ich blätterte um, von der Feuchtigkeit wurde das Papier wellig.

Nun kamen die symbolistischen Arbeiten. Er hatte Hunderte davon gemalt, kurz nach Schulabschluß und dem Tod seiner Mutter, allein in einer Pariser Mietwohnung, beschützt von seinem Schweizer Paß, zur Zeit der deutschen Okkupation. Fast alle verbrannte er später, die wenigen, die überdauert hatten, waren schlimm genug: Goldhintergrund, ungelenk gemalte Falken über Bäumen, aus denen dumpf blickende Menschenköpfe wuchsen, eine klobige Schmeißfliege auf einer Blume, die aussah, als wäre sie aus Beton. Weiß Gott, was ihn dazu gebracht hatte, so etwas zu malen. Für einen Moment sank mir das Buch in den Schaum; das glitzernde Weiß schien am Papier hinaufzuklettern, ich wischte es weg. Mit einem alten Empfehlungsbrief Riemings reiste er nach Nizza, um Matisse seine Bilder zu zeigen, aber der riet ihm, seinen Stil zu ändern, und er fuhr ratlos wieder heim. Ein Jahr nach Kriegsende besichtigte er die Salzmine von Clairance, verlor den Führer und irrte stundenlang durch die verlassenen Gänge. Nachdem man ihn gefunden und hinaufgebracht hatte, schloß er sich fünf Tage lang ein. Niemand wußte, was geschehen war. Aber von da an malte er vollkommen anders.

Sein Freund und Förderer Dominik Silva bezahlte ihm ein Atelier. Dort arbeitete er, studierte Perspektive, Bildaufbau und Farbenlehre, vernichtete alle Versuche, begann von neuem, vernichtete und begann wieder. Zwei Jahre später vermittelte Matisse ihm seine erste Ausstellung in der Galerie Theophraste Renoncourt in Saint Denis. Dort zeigte er zum ersten Mal, ich blätterte weiter, eine neue Bilderserie: die *Reflexionen*.

Heute hing sie komplett im Metropolitan Museum in New York. Die Bilder zeigten Spiegel, die einander in unterschiedlichen Winkeln gegenüberstanden. Grausilberne Gänge in die Unendlichkeit öffneten sich, leicht gekrümmt, erfüllt von unheimlichem, kaltem Licht. Details der Rahmen oder Unreinheiten auf dem Glas vermehrten sich und reihten sich in identisch schrumpfenden Kopien auf, bis sie weit entfernt aus dem Blickfeld verschwanden. Auf einigen Bildern waren, wie aus Versehen, noch Details des Malers zu erkennen, eine Hand mit einem Pinsel, die Ecke einer Staffelei, scheinbar zufällig von einem der Spiegel festgehalten und vervielfacht. Einmal erzeugte eine Kerze einen Brand Dutzender parallel aufzüngelnder Flammen, ein andermal dehnte sich eine mit Papieren übersäte Tischplatte, in deren Ecke eine Postkartenreproduktion von Velazquez' *Las Meninas* lag, zwischen zwei einander rechtwinklig treffenden Spiegeln, in denen durch die Reflexion des einen in dem anderen ein dritter entstand, der die Dinge allerdings nicht verkehrt, sondern richtig herum zeigte, zu einem merkwürdig symmetrischen Chaos: ein ungeheuer komplizierter Effekt. André Breton schrieb einen begeisterten Artikel, Picasso kaufte drei Bilder, es sah aus, als würde Kaminski berühmt werden. Doch das geschah nicht. Niemand wußte warum; es geschah einfach nicht. Nach drei Wochen ging die Ausstellung zu Ende, Kaminski nahm die Bilder wieder mit nach Hause und war so unbekannt wie zuvor. Zwei Fotos zeigten ihn mit einer insektenhaft großen Brille. Er heiratete Adrienne Malle, die Besitzerin eines gutgehenden Papiergeschäftes, und lebte vierzehn Monate in gewissem Wohlstand. Dann verließ ihn Adrienne mit der neu geborenen Miriam, und die Ehe wurde geschieden.

Ich öffnete den Heißwasserhahn; zuviel, ich unterdrückte einen Schmerzenslaut; etwas weniger, gut so. Ich stützte das Buch auf den Wannenrand. Es gab viel, über das ich mit ihm sprechen mußte. Wann hatte er von seiner Augenkrankheit erfahren? Warum hatte die Ehe nicht gehalten? Was war in der Mine passiert? Ich hatte die Meinungen anderer auf Band, aber ich brauchte Zitate von ihm selbst; Dinge, die er noch nie gesagt hatte. Mein Buch durfte nicht vor seinem Tod und nicht zu lange danach herauskommen, für kurze Zeit würde er im Mittelpunkt des Interesses stehen. Man würde mich ins Fernsehen einladen, ich würde über ihn sprechen, und am unteren Bildrand würde in weißen Buchstaben mein Name und *Kaminskis Biograph* eingeblendet sein. Das würde mir einen Posten bei einem der großen Kunstmagazine einbringen.

Das Buch war jetzt schon ziemlich naß. Ich überschlug die restlichen *Reflexionen* und blätterte zu den kleineren Öl-Tempera-Gemälden des nächsten Jahrzehnts. Er hatte wieder allein gelebt, Dominik Silva hatte ihm regelmäßig Geld gegeben, manchmal hatte er ein paar Bilder verkauft. Seine Palette wurde heller, seine Linienführung knapper. Er malte bis an die Grenze der Kenntlichkeit abstrahierte Landschaften, Stadtansichten, Szenen belebter Straßen, die sich in klebrigem Nebel auflösten. Ein Mann zog im Gehen seine verschwimmenden Konturen hinter sich her, Berge waren in einen Brei von Wolken geschlungen, ein Turm schien vom zu starken Andrang des Hintergrundes durchsichtig zu werden; vergeblich bemühte man sich, ihn klar auszumachen, aber was eben noch ein Fenster gewesen war, erwies sich nun als Lichtreflex, was wie kunstvoll geschmücktes Mauerwerk ausgesehen hatte, als bizarr geformte Wolke, und je länger man hinsah, desto weniger fand man noch von dem Turm. »Es ist ganz einfach«, sagte Kaminski in seinem ersten Interview, »und verteufelt schwer. Ich werde nämlich blind. Das male ich. Und das ist alles.«

Ich lehnte den Kopf an die gekachelte Wand und stützte das Buch auf meine Brust. *Chromatisches Licht am Abend, Magdalena beim versonnenen Gebet* und vor allem *Gedanken eines schläfrigen Spaziergängers* nach dem berühmtesten Gedicht Riemings: eine kaum erahnbare Menschengestalt, die verloren durch blei-graue Dunkelheit irrte. Der *Spaziergänger* wurde, ei-gentlich bloß Riemings wegen, in eine Ausstellung der Surrealisten aufgenommen, wo er zufällig Claes Olden-burg auffiel. Zwei Jahre später wurde auf Oldenburgs Vermittlung eine von Kaminskis schwächsten Arbeiten, *Die Befragung des heiligen Thomas*, in einer Pop-Art-Ausstellung der Leo Castelli Galerie in New York ge-zeigt. Den Titel erweiterte man um den Zusatz *painted by a blind man* und brachte daneben ein Foto von Kaminski mit dunkler Brille an. Als man ihm davon erzählte, ärgerte er sich so sehr, daß er sich ins Bett legen mußte und zwei Wochen unter fiebriger Grippe litt. Als er wieder aufstehen konnte, war er berühmt.

Ich streckte vorsichtig die Arme und schüttelte erst die rechte, dann die linke Hand aus; das Buch war doch ziemlich schwer. Durch die offene Tür fiel mein Blick auf das Bild des alten Bauern. Er hielt eine Sense in den Händen und betrachtete sie stolz. Es gefiel mir. Im Grunde gefiel es mir besser als die Bilder, über die ich Tag für Tag schrieb.

Vor allem wegen des Gerüchtes über seine Blindheit waren Kaminskis Gemälde plötzlich um die Welt ge-gangen. Und als man seine Beteuerungen, daß er noch immer sehen konnte, allmählich glaubte, war nichts mehr rückgängig zu machen: Das Guggenheim Mu-seum veranstaltete eine Werkschau, die Preise stiegen in schwindelerregende Höhen, Fotos zeigten ihn mit sei-ner vierzehnjährigen Tochter, damals wirklich ein hüb-sches Mädchen, auf Vernissagen in New York, Montreal und Paris. Doch seinen Augen ging es immer schlechter. Er kaufte ein Haus in den Alpen und verschwand aus der Öffentlichkeit.

Sechs Jahre später organisierte Bogovic in Paris Kaminskis letzte Ausstellung. Zwölf großformatige Gemälde, nun wieder in Tempera. Fast nur helle Farben, Gelb und Hellblau, ein stechendes Grün, durchsichtige Beigetöne; ineinander verschlungene Strömungen, die, trat man zurück oder kniff die Augen zusammen, plötzlich weite Landschaften bargen: Hügel, Bäume, frisches Gras unter einem Sommerregen, eine blasse Sonne, vor der die Wolken zu milchigem Dunst verschwammen. Ich blätterte langsamer. Sie gefielen mir. Ein paar betrachtete ich lange. Das Wasser wurde allmählich kalt.

Aber es war besser, sie nicht zu mögen, die Reaktionen waren vernichtend gewesen. Man hatte sie als Kitsch, als eine peinliche Entgleisung, als Zeugnis seiner Krankheit bezeichnet. Ein letztes, ganzseitiges Foto zeigte Kaminski, wie er mit Stock, schwarzer Brille und eigenartig heiterem Gesichtsausdruck durch die Ausstellungsräume schlenderte. Fröstelnd klappte ich das Buch zu. Ich legte es neben die Wanne und bemerkte zu spät die große Pfütze. Ich fluchte, so konnte ich es nicht einmal auf dem Kirchenflohmarkt verkaufen. Ich stand auf, öffnete den Abfluß und sah zu, wie ein kleiner Strudel das Wasser hinabsog. Ich sah in den Spiegel. Eine Glatze? Sicher nicht.

Fast jeder, dem man erzählte, daß Kaminski noch lebte, reagierte mit Überraschung. Es schien unglaubhaft, daß es ihn noch gab, versteckt in den Bergen, in seinem großen Haus, im Schatten der Blindheit und des Ruhmes. Daß er die gleichen Nachrichten verfolgte wie wir, die gleichen Radiosendungen hörte, ein Teil unserer Welt war. Schon seit einer Weile hatte ich gewußt, daß es für mich Zeit war, ein Buch zu schreiben. Meine Karriere hatte gut begonnen, doch sie stagnierte. Zunächst hatte ich an eine Polemik gedacht, einen Angriff gegen einen bekannten Maler oder eine Richtung; mir hatte eine Vernichtung des Fotorealismus vorgeschwebt, dann eine Verteidigung des Fotorealismus, aber plötzlich war der Fotorealismus aus der Mode gekommen. Warum also keine Biographie? Ich hatte zwischen Balthus, Lucian Freud und Kaminski geschwankt, doch dann starb der erste, und der zweite war Gerüchten zufolge schon im Gespräch mit Hans Bahring. Ich gähnte, trocknete mich ab und zog meinen Pyjama an. Das Hoteltelefon läutete, ich ging ins Zimmer und hob, ohne nachzudenken, ab.

»Wir müssen reden«, sagte Elke.

»Woher hast du diese Nummer?«

»Das ist doch egal. Wir müssen reden.«

Es mußte wirklich dringend sein. Sie war auf Geschäftsreise für ihre Werbeagentur, normalerweise rief sie nie von unterwegs an.

»Kein guter Moment. Ich bin sehr beschäftigt.«

»Jetzt!«

»Natürlich«, sagte ich, »warte!« Ich senkte den Hörer. In der Dunkelheit vor dem Fenster konnte ich die Bergspitzen und einen blassen Halbmond erkennen. Ich atmete tief ein und aus. »Was ist?«

»Ich wollte schon gestern mit dir sprechen, aber du

hast es wieder geschafft, erst heimzukommen, als ich abgereist war. Und jetzt...«

Ich blies in den Hörer. »Die Verbindung ist nicht gut!«

»Sebastian, das ist kein Mobiltelefon. Die Verbindung ist in Ordnung.«

»Entschuldige!« sagte ich. »Einen Moment.«

Ich ließ den Hörer sinken. Sanfte Panik stieg in mir auf. Ich ahnte, was sie mir sagen wollte, und ich durfte es auf keinen Fall hören. Einfach auflegen? Aber das hatte ich schon dreimal gemacht. Zögernd hob ich den Hörer. »Ja?«

»Es geht um die Wohnung.«

»Kann ich dich morgen anrufen? Ich habe viel zu tun, nächste Woche komme ich zurück, dann können wir...«

»Das wirst du nicht.«

»Was?«

»Zurückkommen. Nicht hierher. Sebastian, du wohnst hier nicht mehr!«

Ich räusperte mich. Jetzt mußte mir etwas einfallen. Etwas Einfaches und Überzeugendes. Jetzt! Aber mir fiel nichts ein.

»Damals hast du gesagt, es wäre nur für den Übergang. Bloß ein paar Tage, bis du etwas gefunden hättest.«

»Und?«

»Das war vor drei Monaten.«

»Es gibt nicht viele Wohnungen!«

»Es gibt genug, und so kann es nicht weitergehen.«

Ich schwieg. Vielleicht war das am wirkungsvollsten.

»Außerdem habe ich jemanden kennengelernt.«

Ich schwieg. Was erwartete sie? Sollte ich weinen, schreien, bitten? Dazu war ich durchaus bereit. Ich dachte an ihre Wohnung: den Ledersessel, den Marmortisch, die teure Couch. Die Zimmerbar, die Stereoanlage und den großen Flachbildfernseher. Sie hatte wirklich jemanden getroffen, der ihr Gerede über die Agentur, über vegetarische Ernährung, Politik und japanische Filme anhören wollte? Schwer zu glauben.

»Ich weiß, daß das nicht leicht ist«, sagte sie mit brüchiger Stimme. »Ich hätte es dir auch nicht... am Telefon gesagt. Aber es gibt keinen anderen Weg.«

Ich schwieg.

»Und du weißt doch, daß es so nicht weitergehen kann.«

Das hatte sie schon gesagt. Aber warum nicht? Ich sah das Wohnzimmer klar vor mir: hundertdreißig Quadratmeter, weiche Teppiche, die Aussicht auf den Park. An Sommernachmittagen legte sich ein südlich weiches Licht auf die Wände.

»Ich kann das nicht glauben«, sagte ich, »und ich glaube es nicht.«

»Solltest du aber. Ich habe deine Sachen gepackt.«

»Was hast du?«

»Du kannst deine Koffer abholen. Oder nein, wenn ich nach Hause komme, lasse ich sie dir in die *Abendnachrichten* bringen.«

»Nicht in die Redaktion!« rief ich. Das fehlte noch! »Elke, ich werde dieses Gespräch vergessen. Du hast nie angerufen, und ich habe nichts gehört. Nächste Woche reden wir über alles.«

»Walter hat gesagt, wenn du noch einmal herkommst, wirft er dich selbst hinaus.«

»Walter?«

Sie antwortete nicht. War es wirklich nötig, daß er auch noch Walter hieß?

»Am Sonntag zieht er ein«, sagte sie leise.

Ach so! Nun verstand ich: Die Wohnungsknappheit trieb die Menschen doch zu erstaunlichen Dingen. »Wo soll ich denn hin?«

»Ich weiß nicht. In ein Hotel. Zu einem Freund.«

Einem Freund? Das Gesicht meines Steuerberaters tauchte vor mir auf, dann das eines ehemaligen Schulkollegen, den ich vorige Woche auf der Straße getroffen hatte. Wir hatten ein Bier miteinander getrunken und nicht gewußt, worüber wir reden sollten. Die ganze Zeit hatte ich mein Gedächtnis nach seinem Namen durchsucht.

»Elke, das ist unsere Wohnung!«

»Es ist nicht unsere. Hast du dich je an der Miete beteiligt?«

»Ich habe das Badezimmer gestrichen.«

»Nein, das waren Maler. Du hast sie bloß angerufen. Bezahlt habe ich.«

»Willst du mir das vorrechnen?«

»Warum nicht?«

»Ich kann das nicht glauben.« Hatte ich das schon gesagt? »Ich hätte nicht gedacht, daß du dazu fähig bist.«

»Ja, nicht wahr?« sagte sie. »Ich auch nicht. Ich auch nicht! Wie kommst du mit Kaminski zurecht?«

»Wir haben uns sofort verstanden. Ich glaube, er mag

43

mich. Die Tochter ist ein Problem. Sie schirmt ihn von allem ab. Ich muß sie irgendwie loswerden.«

»Ich wünsche dir alles Gute, Sebastian. Vielleicht hast du noch eine Chance.«

»Was heißt das?«

Sie antwortete nicht.

»Einen Moment! Das will ich wissen. Was meinst du damit?«

Sie legte auf.

Sofort wählte ich die Nummer ihres Mobiltelefons, aber sie meldete sich nicht. Ich versuchte es wieder. Eine ruhige Computerstimme bat mich, eine Nachricht zu hinterlassen. Ich versuchte es wieder. Und wieder. Nach dem neunten Mal gab ich auf.

Plötzlich sah das Zimmer nicht mehr gemütlich aus. Die Bilder von Edelweiß, Kühen und zerzaustem Bauer hatten etwas Bedrohliches, die Nacht draußen schien nahe und unheimlich. War das meine Zukunft? Pensionen und Untermietzimmer, lauschende Vermieterinnen, Küchengerüche zu Mittag und frühmorgens der Lärm fremder Staubsauger? Dahin durfte es nicht kommen!

Die Arme war wohl völlig durcheinander, beinahe tat sie mir leid. Wie ich sie kannte, bereute sie es schon; spätestens morgen würde sie weinend anrufen und um Entschuldigung bitten. Mir konnte sie nichts vormachen. Schon ein wenig beruhigt nahm ich das Diktaphon, legte die erste Kassette ein und schloß die Augen, um mich besser zu erinnern.

IV

»Wen?«

»Kaminski. Manuel K-A-M-I-N-S-K-I. Sie haben ihn gekannt?«

»Manuel. Ja. Ja, ja.« Die Alte lächelte ausdruckslos.

»Wann war das?«

»War was?«

Sie drehte mir ein wächsern verschrumpeltes Ohr zu. Ich beugte mich vor und schrie: »Wann!«

»Mein Gott! Dreißig Jahre.«

»Es müssen über fünfzig sein.«

»Soviel nicht.«

»Doch. Sie können nachrechnen!«

»Er war sehr ernst. Dunkel. Immer irgendwie im Schatten. Dominik hat uns vorgestellt.«

»Gnädige Frau, was ich eigentlich fragen wollte...«

»Haben Sie Pauli gehört?« Sie zeigte auf einen Vogelkäfig. »Er singt so schön. Sie schreiben über das alles?«

»Ja.«

Der Kopf sank ihr hinunter, einen Moment dachte ich, sie wäre eingeschlafen, doch dann zuckte sie und richtete sich wieder auf. »Er sagte immer, er würde lange unbekannt sein. Dann berühmt, dann wieder vergessen. Sie schreiben darüber? Dann schreiben Sie auch... daß wir es nicht wußten.«

»Was?«

»Daß man so alt werden kann.«

*

»Wie war noch der Name?«

»Sebastian Zöllner.«

»Von der Universität?«

»Ja ... von der Universität.«

Er schnaufte, seine Hand wanderte schwer über seine Glatze. »Lassen Sie mich überlegen. Kennengelernt? Ich habe Dominik gefragt, wer der arrogante Kerl ist, er sagte Kaminski, als hätte das etwas zu bedeuten. Sie wissen vielleicht, man hatte schon Kompositionen von mir aufgeführt.«

»Interessant«, sagte ich müde.

»Meist hat er nur vor sich hin gelächelt. Wichtigtuer. Sie kennen solche Leute, die sich für groß halten, bevor sie noch irgend etwas ... Und dann erfüllt sich das auch, *mundus vult decipi*. Ich habe an einer Symphonie gearbeitet, ein Quartett von mir war in Donaueschingen aufgeführt worden, und Ansermet hatte zugesagt ...«

Ich räusperte mich.

»Ja, Kaminski. Deshalb sind Sie ja hier. Sie sind ja nicht wegen mir hier. Sondern wegen ihm, ich weiß. Einmal mußten wir seine Bilder ansehen, bei Dominik Silva zu Hause, er hatte dieses Appartement in der Rue Verneuil. Kaminski selbst saß gähnend in der Ecke und tat so, als wäre ihm alles langweilig. Vielleicht war es das auch, könnte ich ihm nicht verdenken. Sagen Sie, von welcher Universität kommen Sie eigentlich?«

*

»Habe ich richtig verstanden«, fragte Dominik Silva, »daß Sie für das Essen bezahlen?«

»Bestellen Sie, was Sie möchten!« sagte ich überrascht. Hinter uns brausten die Autos in Richtung Place des Vosges vorbei, die Kellner schlängelten sich geschickt zwischen den Korbstühlen hindurch.

»Ihr Französisch ist gut.«

»Es geht.«

»Manuels Französisch war immer furchtbar. Ich habe nie jemanden getroffen, der so unbegabt für Sprachen war.«

»Sie waren nicht leicht zu finden.« Er sah dürr und zerbrechlich aus, seine Nase saß spitz auf einem eigentümlich nach innen gewölbten Gesicht.

»Ich lebe unter anderen Bedingungen als früher.«

»Sie haben viel für Kaminski getan«, sagte ich vorsichtig.

»Überschätzen Sie das nicht. Wenn nicht ich, dann ein anderer. Leute wie er finden immer Leute wie mich. Er war ja kein reicher Erbe. Sein Vater, ein Schweizer polnischer Abstammung oder umgekehrt, ich weiß nicht mehr, ging vor seiner Geburt in Konkurs und starb, seine Mutter wurde später von Rieming unterstützt, aber viel hatte der auch nicht. Manuel brauchte immer Geld.«

»Sie haben seine Miete bezahlt?«

»Das kam vor.«

»Und heute sind Sie ... nicht mehr vermögend?«

»Zeiten ändern sich.«

»Woher kannten Sie ihn?«

»Von Matisse. Ich hatte ihn in Nizza besucht, er sagte mir, es gäbe einen jungen Maler in Paris, Protegé von Richard Rieming.«

»Und seine Bilder?«

»Nicht umwerfend. Aber ich dachte, das wird sich ändern.«

»Warum?«

»Eher seinetwegen. Er machte einfach den Eindruck, als könnte man etwas von ihm erwarten. Zu Beginn malte er ziemlich schlechtes Zeug, überfrachteter Surrealismus. Das änderte sich mit Therese.« Seine Lippen preßten sich aufeinander; ich fragte mich, ob er noch Zähne im Mund hatte. Immerhin hatte er gerade ein Steak bestellt.

»Sie meinen Adrienne«, sagte ich.

»Ich weiß, wen ich meine. Das überrascht Sie vielleicht, aber ich bin nicht senil. Adrienne kam später.«

»Wer war Therese?«

»Mein Gott, alles! Sie hat ihn vollkommen verändert, auch wenn er das nie zugeben würde. Sie haben sicher von seinem Erlebnis in der Salzmine gehört, er redet ja oft genug davon.«

»Ich fahre übermorgen hin.«

»Tun Sie das, es wird Ihnen gefallen. Aber Therese war wichtiger.«

»Das wußte ich nicht.«

»Dann sollten Sie von vorne anfangen.«

*

»Nun mal ganz offen. Halten Sie ihn für einen großen Maler?«

»Aber sicher.« Ich begegnete Professor Komenews Blick. »In Grenzen!«

Komenew faltete die Hände hinter dem Kopf, sein

Stuhl kippte mit einem Ruck nach hinten. Sein Bärtchen stand spitz und leicht gesträubt von seinem Kinn ab. »Also der Reihe nach. Über die frühen Bilder müssen wir keine Worte verlieren. Dann die *Reflexionen*. Sehr ungewöhnlich für diese Zeit. Technisch großartig. Aber doch ziemlich steril. Eine gute Grundidee, zu oft, zu genau und zu minutiös durchgeführt, und der Altmeistergestus mit den Tempera macht es auch nicht besser. Etwas zuviel Piranesi. Dann das *Chromatische Licht*, der *Spaziergänger*, die Straßenansichten. Auf den ersten Blick fabelhaft. Aber thematisch nicht gerade subtil. Und seien wir ehrlich, wenn man nicht von seiner Erblindung wüßte…« Er hob die Schultern. »Sie kennen die Bilder im Original?«

Ich zögerte. Ich hatte darüber nachgedacht, nach New York zu fliegen, aber das war ziemlich teuer, und außerdem – wozu gab es Bildbände? »Natürlich!«

»Dann wird Ihnen der ziemlich unsichere Strich aufgefallen sein. Er dürfte starke Lupen verwendet haben. Kein Vergleich zur technischen Perfektion von früher. Und danach? Ach Gott, darüber ist das Urteil ja schon gesprochen. Kalenderbilder! Haben Sie den schrecklichen Hund am Meer gesehen, diese Goya-Imitation?«

»Also zunächst zuviel Technik und zuwenig Gefühl, dann umgekehrt.«

»Könnte man sagen.« Er zog die Hände hinter dem Nacken hervor, der Stuhl kippte in die Waagrechte. »Vor zwei Jahren habe ich ihn noch einmal im Seminar behandelt. Die jungen Leute waren ratlos. Er hatte ihnen nichts mehr zu sagen.«

»Haben Sie ihn je getroffen?«

»Nein, wozu? Als meine *Anmerkungen zu Kaminski* herauskamen, habe ich ihm das Buch geschickt. Er hat nie geantwortet. Hielt er nicht für nötig! Wie gesagt, er ist ein guter Maler, und die sind zeitgebunden. Nur große sind das nicht.«

»Sie hätten hinfahren müssen«, sagte ich.

»Bitte?«

»Es bringt nichts, zu schreiben und auf Antwort zu warten. Man muß zu ihnen fahren. Man muß sie überfallen. Als ich mein Porträt über Wernicke geschrieben habe... Kennen Sie Wernicke?«

Er sah mich mit gerunzelter Stirn an.

»Es war ja gerade erst passiert, und seine Familie wollte nicht mit mir reden. Aber ich bin nicht weggegangen. Ich stand vor der Haustür und habe ihnen gesagt, daß ich auf jeden Fall über seinen Selbstmord schreiben würde und daß sie nur die Wahl hatten, mit mir zu reden oder nicht. ›Wenn Sie es nicht wollen‹, habe ich gesagt, ›bedeutet das auch, daß Ihr Standpunkt nicht vorkommt. Wenn Sie aber bereit wären...‹«

»Entschuldigung.« Komenew beugte sich vor und sah mich scharf an. »Wovon reden Sie eigentlich?«

*

»Lange dauerte es nicht. Nach einem Jahr war das mit Therese vorbei.«

Der Kellner brachte das Steak mit Bratkartoffeln, Silva griff gierig nach dem Besteck und begann zu essen, sein Hals zitterte beim Schlucken. Ich bestellte noch eine Coca-Cola.

»Sie war wirklich etwas Besonderes. Sie hat in ihm nie

gesehen, was er war, sondern was er werden konnte. Und dann hat sie ihn dazu gemacht. Ich erinnere mich noch, wie sie ein Bild von ihm angesehen und ganz leise gesagt hat: ›Müssen es immer Adler sein?‹ Sie hätten hören müssen, wie sie ›Adler‹ ausgesprochen hat. Das war das Ende seiner symbolistischen Phase. Sie war wunderbar! Die Ehe mit Adrienne war nur ein mißlungenes Spiegelbild davon, sie sah Therese ein wenig ähnlich. Muß ich mehr sagen? Wenn Sie mich fragen, ist er nie über sie hinweggekommen. Wenn jedes Leben seine entscheidende Katastrophe hat…« Er hob die Schultern. »…dann war das seine.«

»Aber seine Tochter ist von Adrienne.«

»Als sie dreizehn war, starb ihre Mutter.« Er blickte ins Leere, als ob die Erinnerung ihn schmerzte. »Dann kam sie zu ihm in dieses Haus am Ende der Welt, und seither kümmert sie sich um alles.« Er schob sich ein zu großes Stück Fleisch in den Mund, es dauerte eine Weile, bis er wieder sprechen konnte; ich bemühte mich, nicht hinzusehen. »Manuel hätte immer die Menschen gefunden, die er brauchte. Er hielt es für etwas, das die Welt ihm schuldig war.«

»Warum hat Therese ihn verlassen?«

Er antwortete nicht. Vielleicht war er schwerhörig. Ich schob das Diktaphon näher zu ihm. »Warum…«

»Was weiß ich! Herr Zöllner, es gibt so viele Erklärungen, so viele Versionen von allem, am Ende ist die Wahrheit das banalste. Niemand weiß, was geschehen ist, und keiner hat eine Ahnung, was ein anderer über ihn denkt! Wir sollten aufhören. Ich bin es nicht mehr gewöhnt, daß man mir zuhört.«

Ich sah ihn überrascht an. Seine Nase zitterte, er hatte das Besteck weggelegt und sah mich aus hervortretenden Augen an. Was hatte ihn so aufgebracht? »Da wären noch ein paar Fragen«, sagte ich vorsichtig.

»Merken Sie das nicht? Wir reden über ihn, als wäre er schon tot.«

*

»Einmal wurde ein neues Stück aufgeführt.« Er setzte sich gerade, rieb sich die Glatze, strich über sein Doppelkinn und legte die Stirn in Falten. Fang noch einmal von deinen Kompositionen an, dachte ich, und ich stecke dir das Diktaphon ins Maul!

»Er kam mit Therese Lessing zur Uraufführung. Eine außergewöhnlich intelligente Frau eigentlich, ich könnte gar nicht sagen, was sie an ihm… Es war Avantgarde im besten Sinn, eine Art schwarze Messe, blutbeschmierte Darsteller, Pantomime unter einem umgedrehten Kreuz, aber die beiden haben die ganze Zeit gelacht. Zunächst kicherten sie und nahmen allen anderen die Konzentration, dann brüllten sie los. Bis sie hinausgeworfen wurden. Aber natürlich, die Atmosphäre war beim Teufel, oder eben nicht beim Teufel, Sie verstehen, jedenfalls war es vorbei. Nach Thereses Tod hat er geheiratet, und nachdem seine Frau, verständlich, zu Dominik gegangen war, habe ich ihn nicht mehr gesehen.«

»Zu Dominik?«

»Wissen Sie das nicht?« Er runzelte die Stirn, seine Augenbrauen wölbten sich buschig, sein Kinn machte einen kleinen Sprung. »Wie recherchieren Sie überhaupt? Zu meinen Konzerten ist er ja nie erschienen, das hat ihn nicht interessiert. So eine Zeit kommt nie wieder. Ansermet wollte meine symphonische Suite dirigieren, aber das kam nicht zustande, weil... Wie, jetzt schon? Bleiben Sie doch, ich habe ein paar interessante Schallplatten. Die bekommen Sie heute nirgendwo sonst zu hören!«

*

»Was halten Sie eigentlich von seinen Bildern?« Professor Mehring sah mich aufmerksam über den Rand seiner Brille an.

»Zunächst zuviel Technik und zuwenig Gefühl«, sagte ich. »Später umgekehrt.«

»Das sagt Komenew auch. Aber ich halte es für falsch.«

»Ich auch«, sagte ich schnell. »Ein schlimmes Vorurteil!«

»Und Komenew hat vor zwanzig Jahren ganz anders geklungen. Aber damals war Kaminski in Mode. Ich habe ihn vor einem Jahr an der Hochschule durchgenommen. Die Studenten waren begeistert. Ich glaube auch, daß seinem Spätwerk Unrecht geschehen ist. Die Zeit wird das in Ordnung bringen.«

»Sie waren sein Assistent?«

»Nur kurz. Ich war neunzehn, mein Vater kannte Bogovic, der hat mich vermittelt. Ich mußte die Pigmente anreiben. Er bildete sich ein, daß er intensivere Farben bekäme, wenn wir das selbst machten. Wenn Sie mich fragen, purer Spleen. Aber ich durfte dort oben bei ihm wohnen, und wenn Sie es wissen wollen, ich war ziemlich verliebt in seine Tochter. Sie war so schön, und eigentlich sah sie nie jemanden außer ihm. Aber sie hatte nicht viel Interesse für mich.«

»Sie waren dabei, wenn er malte?«

»Er mußte große Lupen verwenden, er hatte sie am Kopf befestigt wie ein Juwelier. Er war ziemlich nervös, manchmal hat er vor Wut seine Pinsel zerbrochen, und wenn er das Gefühl hatte, daß ich mit der Arbeit zu langsam war ... Na ja, wir können uns wohl schwer vorstellen, was er durchmachte! Er hatte jedes Bild genau geplant, hatte eine Menge Skizzen, aber beim Mischen bekam er es nicht mehr richtig hin. Nach einem Monat habe ich gekündigt.«

»Haben Sie noch Kontakt zu ihm?«

»Ich schicke Weihnachtskarten.«

»Antwortet er?«

»Miriam antwortet. Ich nehme an, mehr ist nicht zu erreichen.«

*

»Ich habe aber nur zehn Minuten.« Bogovic strich unruhig über seinen Bart. Vor dem Fenster zeichnete sich die Mauer des Palais Royal ab, über dem Schreibtisch hing eine von David Hockney skizzierte kalifornische Villa. »Ich kann nur sagen, ich liebe ihn wie einen Vater. Nehmen Sie das ruhig auf! Einen Vater. Kennengelernt habe ich ihn Ende der sechziger Jahre, Papa führte noch die Galerie, er war so stolz, daß er Kaminski bekommen hatte. Manuel kam damals mit dem Zug, er fliegt ja nicht. Trotzdem reist er gerne. Er hat weite Fahrten gemacht, natürlich braucht er jemanden, der ihn chauffiert. Er mag Abenteuer! Wir hatten seine großen Landschaftsbilder in Kommission. Wahrscheinlich das beste, was er gemacht hat. Zwei hätte fast das Musée d'Orsay genommen.«

»Was ist passiert?«

»Nichts, sie haben sie nicht genommen. Herr Zollner, ich habe...«

»Zöllner!«

»...viele kreative Leute kennengelernt. Gute Leute. Aber nur ein Genie.«

Die Tür öffnete sich, eine Assistentin mit enger Bluse kam herein und legte ein beschriebenes Blatt hin; Bogovic betrachtete es ein paar Sekunden, dann legte er es weg. Ich sah sie an und lächelte, sie sah weg, aber ich bemerkte doch, daß ich ihr gefiel. Sie war rührend schüchtern. Als sie hinausging, lehnte ich mich unauffällig zur Seite, damit sie mich im Gehen streifte, aber sie wich aus. Ich zwinkerte Bogovic zu, er runzelte die Stirn. Wahrscheinlich war er homosexuell.

»Ich fahre zweimal im Jahr zu ihm«, sagte er, »nächste Woche ist es wieder soweit. Seltsam, daß er sich so zurückgezogen hat. Papa hätte ihm hier oder in London eine Wohnung besorgt. Aber er wollte nicht.«

»Ist er völlig blind?«

»Wenn Sie es herausfinden, sagen Sie es mir! Es ging ihm nicht gut in letzter Zeit, schwere Bypaßoperation. Ich war selbst dort, im Krankenhaus... Nein, stimmt nicht, das war bei Papa. Aber ich hätte es auch für ihn getan. Wie gesagt, ich liebe diesen Mann. Meinen Vater habe ich nicht geliebt. Manuel Kaminski ist der größte. Manchmal glaube ich«, er zeigte auf das Bild der Villa, »David ist der größte. Oder Lucian oder irgendwer.

Manchmal meine ich sogar, daß ich der größte bin. Aber dann denke ich an ihn und weiß, wir sind nichts.« Er zeigte auf ein Gemälde an der Wand gegenüber: Eine gebeugte Gestalt saß an der Küste eines dunklen Ozeans, neben ihr stand ein riesiger, eigentümlich aus der Perspektive gedrehter Hund. »Das kennen Sie, oder? *Der Tod am fahlen Meer*. Das verkaufe ich nie.«

Mir fiel ein, daß Komenew von diesem Bild gesprochen hatte. Oder Mehring? Ich erinnerte mich nicht, was darüber gesagt worden war und ob es mir gefallen sollte. »Sieht nicht nach Kaminski aus«, sagte ich unüberlegt.

»Wieso?«

»Weil er… Weil…« Ich betrachtete meine Handflächen. »Wegen… des Strichs. Sie wissen schon, des Strichs. Was wissen Sie von Therese Lessing?«

»Den Namen habe ich nie gehört.«

»Wie ist er in Verhandlungen?«

»Das macht alles Miriam. Schon seit sie siebzehn war. Sie ist besser als Anwalt und Ehefrau zusammen.«

»Sie hat nie geheiratet.«

»Und?«

»Sie lebt schon so lange bei ihm. In den Bergen, abgeschnitten von allem. Richtig?«

»Wird schon so sein«, sagte er kühl. »Jetzt müssen Sie mich entschuldigen. Nächstes Mal sollten Sie sich vielleicht einen Termin geben lassen und nicht einfach…«

»Natürlich!« Ich stand auf. »Ich bin nächste Woche auch dort. Er hat mich eingeladen.« Bogovic' Händedruck war weich und ein wenig feucht. »Nach Arkadien!«

»Wohin?«

»Wenn ich reich werde, kaufe ich Ihnen *Tod am fahlen Meer* ab. Egal, was es kostet.«

Er sah mich wortlos an.

»Nur ein Scherz!« sagte ich fröhlich. »Nichts für ungut. Ein Scherz.«

*

»Keine Ahnung, was der alte Esel Ihnen erzählt hat. Ich habe nie mit Adrienne zusammengelebt!«

Es war nicht leicht gewesen, Silva zu einem zweiten Treffen zu überreden; ich hatte mehrmals betonen müssen, daß er sich das Lokal aussuchen konnte. Er schüttelte den Kopf, seine Lippen waren vom Schokoladeneis braun verschmiert, ein unschöner Anblick.

»Ich mochte sie, und sie tat mir leid. Ich habe mich um sie und das Kind gekümmert, weil Manuel das nicht mehr tun wollte. Vielleicht hat er mir das übelgenommen. Aber das ist alles.«

»Wem soll ich nun glauben?«

»Das ist Ihr Problem, niemand schuldet Ihnen Rechenschaft!« Er sah mich von unten an. »Sie werden Manuel wohl bald treffen. Aber Sie werden sich nicht vorstellen können, wie er damals war. Er schaffte es, daß jeder überzeugt war, daß er einmal groß sein würde. Man mußte ihm geben, was er wollte. Nur Therese hat das nicht…« Er kratzte das letzte Eis aus dem Glas und leckte von beiden Seiten den Löffel ab. »Nur Therese.« Er überlegte, aber er schien vergessen zu haben, was er sagen wollte.

»Nehmen Sie Kaffee?« fragte ich beunruhigt. Das

Ganze ging schon weit über meine Verhältnisse; ich hatte mit Megelbach noch nicht über die Spesenabrechnungen gesprochen.

»Herr Zöllner, das alles sind doch abgeschlossene Geschichten! In Wirklichkeit gibt es uns nicht mehr. Alter ist etwas Absurdes. Man ist da und auch nicht, wie ein Geist.« Ein paar Sekunden blickte er starr über mich hinweg, zu den Dächern, zur anderen Seite der Straße. Sein Hals war so dünn, daß die Adern deutlich hervortraten. »Miriam war sehr begabt, wach, ein wenig jähzornig. Als sie zwanzig war, hatte sie einen Verlobten. Er kam zu Besuch, blieb zwei Tage, reiste wieder ab und kam nie zurück. Es ist nicht leicht, ihn zum Vater zu haben. Ich würde sie gerne noch einmal sehen.«

»Das werde ich ihr sagen.«

»Besser nicht.« Er lächelte traurig.

»Ich hätte noch ein paar Fragen.«

»Glauben Sie mir, ich auch.«

*

»Daß wir nicht wußten, daß man so alt werden kann. Schreiben Sie das! Schreiben Sie das unbedingt.« Sie zeigte auf den Vogelkäfig. »Hören Sie Pauli?«

»Haben Sie Therese gut gekannt?«

»Als sie ging, wollte er sich umbringen.«

»Wirklich?« Ich setzte mich auf.

Sie schloß für einen Moment die Augen: Sogar ihre Lider waren faltig; so etwas hatte ich noch nie gesehen. »Das hat Dominik behauptet. Ich hätte Manuel nie danach gefragt. Keiner hätte das. Aber er war völlig außer sich. Erst als Dominik ihm gesagt hat, daß sie tot war, hat er aufgehört, sie zu suchen. Wollen Sie Tee?«

»Nein. Ja. Ja, bitte. Haben Sie ein Foto von ihr?«

Sie hob die Kanne und schenkte zittrig ein. »Fragen Sie sie, vielleicht schickt sie Ihnen eines.«

»Wen soll ich fragen?«

»Therese.«

»Sie ist doch tot!«

»Aber nein. Sie wohnt im Norden, an der Küste.«

»Sie ist nicht gestorben?«

»Nein, das hat Dominik nur gesagt. Manuel hätte nie aufgehört, sie zu suchen. Ich habe Bruno, ihren Mann, sehr gemocht. Er war so menschlich, ganz anders als… Nehmen Sie Zucker? Jetzt ist er schon lange tot. Die meisten sind tot.« Sie stellte die Kanne ab. »Milch?«

«Nein! Haben Sie ihre Adresse?«

»Ich glaube schon. Hören Sie? Er singt so schön. Kanaris singen nicht oft. Pauli ist eine Ausnahme.«

»Geben Sie mir bitte die Adresse!« Sie antwortete nicht, sie schien nicht verstanden zu haben.

»Wenn ich ehrlich sein soll«, sagte ich langsam, »ich höre nichts.«

»Was?«

»Er singt nicht. Er bewegt sich nicht, und ich glaube, es geht ihm auch sonst nicht sehr gut. Würden Sie mir bitte die Adresse geben?«

V

Kurz nach zehn weckte mich die ins Fenster scheinende Sonne. Ich lag auf dem unaufgeschlagenen Bett, um mich verteilt ein Dutzend Tonbandkassetten, das Diktaphon war auf den Boden gefallen. Aus der Ferne hörte ich Kirchenglocken. Schwerfällig stand ich auf.

Ich frühstückte unter demselben Hirschkopf, den ich schon gestern durch das Fenster gesehen hatte. Der Kaffee schmeckte wie Wasser, am Nebentisch schimpfte ein Vater mit seinem Sohn; der Kleine senkte den Kopf, schloß die Augen und tat, als wäre er nicht da. Hugo kroch mit angelegten Ohren über den Teppich. Ich rief nach der Wirtin und sagte, der Kaffee sei ungenießbar. Sie nickte gleichmütig und brachte eine neue Kanne. Na bitte, sagte ich. Sie zuckte die Achseln. Der Kaffee war nun wirklich stärker, nach drei Tassen fiel mein Herz in einen Galopprhythmus. Ich schulterte meine Tasche und ging los.

Der Weg, auf dem ich gestern herabgestiegen war, sah bei Tageslicht ziemlich breit und ungefährlich aus, auch der Abhang hatte sich in eine schräge Blumenwiese verwandelt. Zwei Kühe sahen mich traurig an, ein Mann mit einer Sense, ähnlich dem alten Bauern auf dem Bild, rief etwas Unverständliches, ich nickte ihm zu, er lachte und machte eine wegwerfende Handbewegung. Die Luft war kühl, die Schwüle von gestern verschwunden. Als ich den Wegweiser erreichte, war ich kaum außer Atem.

Schnellen Schrittes ging ich die Straße hinauf, nach

kaum zehn Minuten sah ich den Parkplatz und die Häuser. Der kleine Turm stach spitz in den Himmel. Vor dem Gartentor parkte der graue BMW. Ich läutete.

Das sei jetzt kein guter Moment, sagte Anna feindselig. Herr Kaminski fühle sich nicht wohl, er habe sich gestern nicht einmal von den Gästen verabschiedet.

»Das ist schlimm«, sagte ich befriedigt.

Ja, sagte sie, sehr schlimm. Ich solle morgen wiederkommen!

Ich ging an ihr vorbei, durch den Flur und das Eßzimmer, auf die Terrasse und kniff die Augen zusammen: das Halbrund der Berge, umrahmt vom gleißenden Vormittag. Anna kam mir nach und fragte, ob ich sie nicht verstanden hätte. Ich antwortete, ich zöge es vor, mit Frau Kaminski zu sprechen. Sie starrte mich an, dann wischte sie die Hände an der Schürze ab und ging ins Haus. Ich setzte mich auf einen Gartenstuhl und schloß die Augen. Die Sonnenwärme lag weich auf meinem Gesicht, ich hatte noch nie so saubere Luft geatmet.

Doch, einmal schon. In Clairance. Vergeblich versuchte ich, die Erinnerung wegzuschieben.

Ich hatte mich gegen vier Uhr nachmittags einer Touristengruppe angeschlossen. Der Stahlkorb war dröhnend hinabgesunken, Frauen hatten hysterisch gelacht, eiskalter Wind strömte aus der Tiefe. Für ein paar Sekunden war die Dunkelheit vollkommen.

Ein niedriger Gang, elektrische Lampen mit gelblichem Schein, eine Brandschutztür aus Stahl ging quietschend auf und zu. »Ne vous perdez pas, don't get lost!« Der Führer schlurfte vor uns her, ein Amerikaner fotografierte, eine Frau betastete neugierig die weißen

Adern im Stein. Die Luft schmeckte nach Salz. Hier war Kaminski vor fünfzig Jahren verlorengegangen.

Der Führer öffnete eine Stahltür, wir bogen um die Ecke. Angeblich hatte es an seinen Augen gelegen, ich schloß für einen Moment die meinen und tastete mich blind vorwärts. Die Szene war wichtig für mein Buch: Ich stellte mir vor, ich wäre Kaminski, vorantappend, blinzelnd, tastend, rufend, schließlich stehenbleibend und so lange schreiend, bis ich erkannte, daß niemand mich hören würde. Ich mußte die Episode stark ausmalen, so drastisch wie möglich, ich brauchte Vorabdrucke in den großen Illustrierten. Irgendein Idiot rempelte mich an, ich murmelte ein Schimpfwort, er tat das gleiche, ein anderer streifte meinen Ellenbogen, es war doch erstaunlich, wie unachtsam sich die Leute benahmen, aber ich widerstand der Versuchung, die Augen zu öffnen. Ich mußte unbedingt das Echo seiner Stimme in der Stille beschreiben, das machte sich gut. »Das Echo in der Stille«, sagte ich leise. Ich hörte, daß sie nach links abbogen. Ich ließ die Wand los, machte vorsichtig ein paar Schritte, fand die Wand auf der anderen Seite und folgte ihnen. Den Stimmen nach: Allmählich bekam ich ein Gefühl dafür. Eine Tür fiel zu, der Reflex ließ mich die Augen öffnen. Ich war allein.

Ein kurzer Gang, erhellt von drei Lampen. Ich war überrascht, daß die Tür mehr als zehn Meter entfernt war, es hatte so nahe geklungen. Schnell ging ich auf sie zu und öffnete. Lampen auch hier, an der niedrigen Decke liefen Metallrohre entlang. Keine Menschen.

Ich ging zurück ans andere Ende des Ganges. Also waren sie doch nach rechts gegangen, und ich hatte mich verhört. Mein Atem stieg in kleinen Wölkchen auf. Ich erreichte die Tür, sie war abgeschlossen.

Ich wischte mir die Stirn ab, trotz der Kälte wurde mir heiß. Dann also zurück. Zur Abzweigung und wieder nach links, woher wir gekommen waren. Ich blieb stehen, hielt den Atem an, horchte: keine Stimmen. Nichts. Ich hatte noch nie so eine Stille gehört. Ich ging schnell den Gang entlang, bei der nächsten Abzweigung stockte ich. Wir waren von rechts gekommen? Aber ja, von rechts. Also nun nach links. Die Stahltür ließ sich ohne Widerstand öffnen. Lampen, Rohre, wieder eine Verzweigung, kein Mensch zu sehen. Ich hatte mich verirrt.

Ich mußte lachen.

Ich ging zurück zur letzten Abzweigung und bog links ab. Wieder eine Tür, aber im Gang dahinter war kein Licht, er war erfüllt von einer Dunkelheit, wie es sie an der Erdoberfläche nicht gab, erschrocken schlug ich die Tür zu. Sicher würde bald die nächste Gruppe durchgeschleust werden, außerdem mußten hier Arbeiter sein, die Mine war schließlich noch in Betrieb. Ich lauschte. Ich räusperte mich und rief; es überraschte mich, daß es kein Echo gab. Der Stein schien meine Stimme zu schlucken.

Ich bog rechts ab, ging durch eine, zwei, drei Türen geradeaus, die vierte war abgeschlossen. Das mußte mit Logik zu lösen sein! Ich wandte mich nach links, ging durch zwei Stahltüren und stand an einer Kreuzung. Die Türen, hatte der Führer gesagt, waren da, um einen Sog zu verhindern, wenn Feuer ausbrach; ohne sie konnte eine einzige Flamme die Luft der ganzen Mine an sich ziehen. Ob es Brandmelder gab? Einen Moment spielte ich mit dem Gedanken, etwas anzuzünden. Aber ich hatte nichts Brennbares, selbst die Zigaretten waren mir ausgegangen.

Mir fiel auf, daß an den Rohren winzige Tropfen Kondenswasser hingen. War das normal? Ich probierte zwei Türen, die eine war versperrt, die andere führte in einen Gang, wo ich schon gewesen war. Oder? Ich hätte gerne eine Zigarette gehabt. Ich setzte mich auf den Boden.

Jemand würde kommen, würde bald kommen, ganz ohne Zweifel. Die Anlage konnte unmöglich so groß sein. Ob sie nachts das Licht ausschalteten? Der Boden war eiskalt, ich konnte nicht sitzen bleiben. Ich stand auf. Ich rief. Ich rief lauter. Mir wurde klar, daß das nichts nützte. Ich schrie, bis ich heiser war.

Ich setzte mich wieder hin. Ein sinnloser Einfall ließ mich das Mobiltelefon hervorholen, aber natürlich gab es keinen Empfang, nirgendwo war man so abgeschirmt wie in einem Salzbergwerk. Schwer zu entscheiden: War das bloß eine peinliche Lage, oder bestand Gefahr? Ich lehnte den Kopf an die Wand, für eine Sekunde glaubte ich, eine Spinne zu sehen, aber es war nur ein Fleck, hier unten gab es keine Insekten. Ich sah auf die Uhr, es war schon eine Stunde vergangen, als liefe die Zeit hier schneller oder mein Leben langsamer, vielleicht ging auch nur die Uhr falsch. Sollte ich weitergehen oder hier warten? Ich war plötzlich müde. Ich schloß, für einen Moment nur, die Augen.

Ich betrachtete die Adern im Stein. Sie liefen aufeinander zu, vereinten sich, aber kreuzten sich nie, wie die Arme eines Flusses. Ein unendlich langsamer Salzstrom durch die Tiefen der Welt. Ich durfte nicht einschlafen, dachte ich, dann war mir, als ob Stimmen zu mir sprachen, denen ich antwortete, irgendwo spielte ein Klavier, und dann saß ich in einem Flugzeug und sah auf weite, leuchtende Landschaften: Berge, Städte und ein fernes Meer, Menschen gingen vorbei, ein Kind lachte, ich sah auf die Uhr, doch meine Augen stellten das Bild nicht scharf. Das Aufstehen fiel mir schwer, mein Körper war klamm vor Kälte. Die Stahltür öffnete sich, ich ging hindurch, stand in Elkes Wohnzimmer und wußte, daß ich endlich erwartet wurde. Sie trat auf mich zu, vor Freude breitete ich die Arme aus und öffnete die Augen, ich saß auf dem Boden, unter den feuchten Rohren, im gelben Licht der Grubenlampen, allein.

Es war kurz nach sechs. Ich war schon zwei Stunden hier. Ich zitterte vor Kälte. Ich stand auf, trat von einem Fuß auf den anderen und klatschte in die Hände. Ich ging zum Ende des Stollens, bog rechts, links, rechts und wieder links ab. Ich blieb stehen und preßte die Hände an den Stein.

Wie massiv er sich anfühlte. Ich lehnte die Stirn dagegen und versuchte, mich an den Gedanken zu gewöhnen, daß ich sterben würde. Sollte ich etwas aufschreiben, eine letzte Nachricht für – wen eigentlich? Ich sank in die Knie, eine Hand schlug mir auf die Schulter. Ein schnurrbärtiger Führer und hinter ihm ein Dutzend Menschen mit Helmen, Fotoapparaten, Videokameras. »Monsieur, qu'est-ce que vous faites là?«

Ich stand auf, murmelte etwas, wischte mir die Tränen ab und reihte mich unter die Touristen ein. Zwei Japaner betrachteten mich neugierig, der Führer öffnete eine

Tür: Stimmengewirr schwappte mir entgegen, der Stollen war voller Menschen. An einem Souvenirstand wurden Ansichtskarten, Salzsteine und Dias milchiger Salzseen verkauft. Ein *Exit*-Schild wies zu einer Treppe, wenige Minuten später trug der Förderkorb mich rasselnd nach oben.

»Sie sollten doch erst morgen kommen!«

Ich hob den Kopf. Miriam Kaminskis Silhouette ragte sonnenumrahmt vor mir auf. In ihren schwarzen Haaren lagen feine Linien aus Licht.

»Ich wollte nur guten Tag sagen.«

»Guten Tag. Ich fahre in einer Stunde und komme morgen zurück.«

»Ich hatte gehofft, ich könnte mit Ihrem Vater sprechen.«

Sie sah mich an, als hätte sie nicht richtig gehört. »Mein Vater fühlt sich nicht wohl. Gehen Sie doch spazieren, Herr Zöllner. Wandern Sie ein wenig. Das lohnt sich.«

»Wohin fahren Sie?«

»Wir gründen eine Kaminski-Stiftung. Ich erkläre Ihnen gern die Einzelheiten, das könnte interessant für Ihr Buch sein.«

»Ganz sicher.« Ich hatte verstanden: Solange sie da war, würde ich nicht allein mit ihm sprechen können. Ich nickte langsam, sie wich meinem Blick aus. Natürlich hatte ich eine gewisse Wirkung auf sie. Wer weiß, wäre ich nicht jemand gewesen, den sie für gefährlich hielt... Aber da war nichts zu machen. Ich stand auf. »Dann gehe ich also wandern.«

Ich ging schnell ins Haus, ich mußte unbedingt ver-

66

meiden, daß sie mich hinausbegleitete. Durch die angelehnte Küchentür war das Klappern von Geschirr zu hören. Ich sah durch den Spalt, Anna wusch gerade Teller ab.

Als ich hereinkam, sah sie mich ausdruckslos an. Ihre Haare waren zu einem dicken Zopf geknotet, ihre Schürze war schmutzig, ihr Gesicht rund wie ein Wagenrad.

»Anna!« sagte ich. »Ich darf doch Anna sagen?«

Sie zuckte mit den Schultern.

»Ich bin Sebastian. Sagen Sie Sebastian zu mir. Das Essen gestern war wunderbar. Können wir reden?«

Sie antwortete nicht. Ich zog einen Stuhl heran, schob ihn wieder weg und setzte mich auf den Küchentisch. »Anna, gibt es etwas, das Sie tun wollen?«

Sie starrte mich an.

»Ich meine, das... könnten Sie heute tun. Nicht wahr?«

Vor dem Fenster sah ich den Bankier, der gestern bei dem Abendessen gewesen war, aus dem Nachbarhaus kommen. Er ging über den Parkplatz, nestelte seinen Schlüssel aus der Tasche, öffnete die Tür eines Autos und stieg umständlich ein.

»Ich will es anders sagen. Was auch immer Sie heute machen wollen, würde ich Ihnen... Nein, lassen Sie es mich so versuchen...!«

»Zweihundert«, sagte sie.

»Was?«

»Wie blöd sind Sie eigentlich?« Sie sah mir ruhig in die Augen. »Zweihundert, und ich bin bis morgen mittag weg.«

»Das ist viel«, sagte ich heiser.

»Zweihundertfünfzig.«

»So geht das nicht!«

»Dreihundert.«

»Zweihundert«, sagte ich.

»Dreihundertfünfzig.«

Ich nickte.

Sie streckte die Hand aus, ich holte meine Brieftasche hervor und zählte das Geld ab. Normalerweise hatte ich nicht so viel bei mir; das war alles, was ich auf der ganzen Reise hatte ausgeben wollen.

»Na los!« sagte sie. Ihre Haut glänzte ölig. Sie griff zu; ihre Hand war so groß, daß die Scheine darin verschwanden. »Heute nachmittag ruft meine Schwester an, dann sage ich, daß ich sofort zu ihr muß. Morgen um zwölf bin ich wieder da.«

»Und keine Minute früher!« sagte ich.

Sie nickte. »Jetzt gehen Sie schon!«

Mit unsicheren Schritten ging ich zur Haustür. So viel Geld! Aber ich hatte erreicht, was ich wollte. Und weiß Gott, ich hatte es nicht ungeschickt angestellt, sie hatte keine Chance gegen mich gehabt. Ich stellte bedächtig meine Tasche ab und lehnte sie an die Wand.

»Herr Zöllner!«

Ich fuhr herum.

»Finden Sie den Weg nicht?« fragte Miriam.

»Doch, ich … wollte nur …«

»Ich möchte nicht, daß ein falscher Eindruck entsteht«, sagte Miriam. »Wir sind froh über das, was Sie tun.«

»Das weiß ich doch.«

»Es ist nicht leicht zur Zeit. Er ist krank. Oft ist er wie ein Kind. Aber Ihr Buch ist sehr wichtig für ihn.«

Ich nickte verständnisvoll.

»Wann soll es eigentlich erscheinen?«

Ich erschrak. Hatte sie einen Verdacht? »Das ist noch nicht sicher.«

»Warum ist das nicht sicher? Herr Megelbach wollte es auch nicht sagen.«

»Das hängt von vielen Faktoren ab. Von…« Ich hob die Schultern. »Faktoren. Vielen Faktoren. So bald wie möglich!«

Sie sah mich nachdenklich an, schnell verabschiedete ich mich und machte mich auf den Weg. Der Abstieg kam mir diesmal sehr kurz vor: Es roch nach Gras und Blumen, ein Flugzeug schwamm langsam durch das Blau; ich fühlte mich heiter und leicht. Ich holte Geld vom Automaten und kaufte einen neuen Rasierapparat in der Dorfdrogerie.

Ich ging ins Hotelzimmer und betrachtete den alten Bauern an der Wand. Ich pfiff vor mich hin und trommelte mit den Fingern auf meine Knie. Ich war doch ein wenig nervös. Ich legte mich, ohne die Schuhe auszuziehen, auf das Bett und sah eine Weile an die Decke. Ich stellte mich vor den Spiegel und verharrte dort so lange, bis mein Bild mir fremd und absurd vorkam. Ich rasierte mich und nahm eine lange Dusche. Dann griff ich nach dem Telefonhörer und wählte, auswendig, eine Nummer. Es läutete fünfmal, bis jemand abhob.

»Frau Lessing!« sagte ich. »Ich bin es wieder, Sebastian Zöllner. Nicht auflegen!«

»Nein!« sagte eine hohe Stimme. »Nein!«

»Ich bitte Sie nur, mich anzuhören!«

Sie legte auf. Ein paar Sekunden hörte ich dem Besetztzeichen zu, dann rief ich noch einmal an.

»Wieder Zöllner. Ich bitte Sie um ein kurzes…«

»Nein!« Sie legte auf.

Ich fluchte. Nichts zu machen, es sah wirklich aus, als ob ich selbst hinfahren mußte. Das hatte mir noch gefehlt!

In einem Restaurant am Hauptplatz bekam ich einen miserablen Thunfischsalat. Um mich saßen Urlauber, Kinder krähten, Väter blätterten in Landkarten, Mütter stachen Gabeln in riesige Kuchenportionen. Die Kellnerin war jung und nicht häßlich, ich rief nach ihr: Zuviel Öl im Salat, sie solle ihn wieder mitnehmen! Das wolle sie gern tun, sagte sie, aber bezahlen müsse ich trotzdem. Ich hätte aber, sagte ich, fast nichts davon gegessen. Das sei meine Sache, sagte sie. Ich verlangte nach dem Geschäftsführer. Sie sagte, der würde erst am Abend kommen, ich könne aber warten. Als ob ich nichts Besseres zu tun hätte, sagte ich und zwinkerte ihr zu. Ich aß den Salat auf, doch als ich bezahlen wollte, kam nicht sie, sondern ein breitschultriger Kollege. Ich gab kein Trinkgeld.

Ich kaufte Zigaretten und bat einen jungen Mann um Feuer. Wir kamen ins Gespräch: Er war Student und während der Ferien zu Besuch bei seinen Eltern. Was er studiere? Kunstgeschichte, sagte er und warf mir einen besorgten Blick zu. Sehr verständlich, sagte ich, besonders wenn man von hier käme. Wieso? Ich machte eine Handbewegung in Richtung des Berghanges. Gott? Aber nein, sagte ich, hier seien doch große Maler ansässig. Er verstand nicht. Kaminski! Er sah mich leer an.

Ich fragte, ob er Kaminski wirklich nicht kannte. Nein, er kannte ihn nicht. Der letzte Matisse-Schüler, erklärte ich, ein Vertreter der klassischen… Mit so etwas befasse er sich nicht, unterbrach er, sondern mit Gegenwartskunst aus dem Alpenraum. Da gebe es sehr spannende Tendenzen, etwa Gamraunig, dann natürlich Göschl und Wagreiner. Wen? Wagreiner, rief er, und sein Gesicht rötete sich. Den müsse man aber kennen! Der male jetzt nur noch mit Milch und eßbaren Substanzen. Warum, fragte ich. Er nickte, die Frage war ihm willkommen: wegen Nietzsche.

Besorgt trat ich einen Schritt zurück. Ich fragte, ob Wagreiner Neodadaist sei. Er schüttelte den Kopf. Oder Performancekünstler? Nein, sagte er, nein, nein. Ob ich denn wirklich nicht von Wagreiner gehört hätte? Ich schüttelte den Kopf. Er murmelte etwas Unverständliches, wir sahen uns mißtrauisch an. Dann trennten wir uns.

Ich ging in die Pension, packte meinen Koffer und beglich die Rechnung. Morgen würde ich einfach wiederkommen, es gab keinen Grund, für eine Nacht zu bezahlen, in der ich nicht da sein würde. Ich nickte der Wirtin zu, warf meine Zigarette weg, fand den Fußweg und stieg hinauf. Ich brauchte kein Taxi, inzwischen fiel es mir leicht; obwohl ich den Koffer trug, war ich schon kurz darauf bei dem Wegweiser. Die Straße aufwärts, die erste, zweite, dritte Serpentine, der Parkplatz. Vor dem Gartentor stand immer noch der graue BMW. Ich klingelte, Anna öffnete sofort.

»Niemand zu Hause?« fragte ich.

»Nur er.«

»Warum ist das Auto noch hier?«

»Sie hat den Zug genommen.«

Ich sah ihr fest in die Augen. »Ich komme, weil ich meine Tasche vergessen habe.«

Sie nickte, ging hinein und ließ die Tür offen. Ich folgte ihr.

»Meine Schwester hat angerufen«, sagte sie.

»Wirklich!«

»Sie braucht Hilfe.«

»Wenn Sie gehen wollen, kann ich bei ihm bleiben.«

Sie musterte mich ein paar Sekunden. »Das wäre nett.«

»Ist doch selbstverständlich.«

Sie strich ihren Kittel glatt, bückte sich und hob eine voll gepackte Reisetasche auf. Sie ging zur Tür, zögerte und sah mich fragend an.

»Keine Sorge!« sagte ich leise.

Sie nickte. Sie atmete hörbar ein und aus, dann schloß sie die Tür hinter sich. Durch das Küchenfenster sah ich sie mit kleinen, schweren Schritten über den Parkplatz gehen. Die Tasche pendelte in ihrer Hand.

VI

Ich stand im Flur und horchte. Links von mir war die Eingangstür, rechts das Eßzimmer, vor mir der Treppenaufgang zum ersten Stock. Ich räusperte mich, meine Stimme klang merkwürdig in der Stille.

Ich ging ins Eßzimmer. Die Fenster waren geschlossen, die Luft war abgestanden. Eine Fliege schlug gegen die Scheibe. Ich öffnete vorsichtig die oberste Schublade der Kommode: Tischdecken, säuberlich gefaltet. Die nächste: Messer, Gabeln und Löffel. Und die unterste: zwanzig Jahre alte Zeitschriften, *Life*, *Time* und *Paris-Match*, ohne System durcheinandergemischt. Das alte Holz widersetzte sich; fast hätte ich es nicht geschafft, die Lade zu schließen. Ich ging zurück in den Flur.

Zu meiner Linken waren vier Türen. Ich öffnete die erste: ein kleiner Raum mit Bett, Tisch und Stuhl, einem Fernseher, einem Marienbild und einem Foto des jungen Marlon Brando. Das mußte Annas Zimmer sein. Hinter der nächsten Tür war die Küche, danach kam der Raum, in dem ich gestern empfangen worden war. Hinter der letzten ein Treppenabgang.

Ich nahm meine Tasche und tastete nach dem Lichtschalter. Eine einzelne Glühbirne warf schmutziges Licht auf eine Holzstiege. Die Stufen knarrten, es ging so steil hinunter, daß ich mich am Geländer festhalten mußte. Ich machte Licht, Scheinwerfer schalteten sich knackend ein, ich kniff die Augen zusammen. Als ich mich an die Helligkeit gewöhnt hatte, wurde mir klar, daß ich in einem Atelier stand.

Ein fensterloser, nur von vier Scheinwerfern beleuch-
teter Raum: Wer immer hier gearbeitet hatte, hatte kein
natürliches Licht gebraucht. In der Mitte stand eine
Staffelei mit einem angefangenen Bild, über den Boden
waren Dutzende Pinsel verstreut. Ich bückte mich und
befühlte sie, alle waren trocken. Da war auch eine
Palette, die Farben darauf waren steinhart und rissig.
Ich sog die Luft ein: normaler Kellergeruch, ein wenig
feucht, ein schwaches Aroma von Mottenkugeln, nichts
von Farben oder Terpentin. Hier war lange nicht gemalt
worden.

Die Leinwand auf der Staffelei war fast unberührt,
nur drei Pinselstriche durchschnitten ihr Weiß. Sie
begannen in demselben Fleck links unten und liefen
von dort auseinander, rechts oben war ein kleines, mit
Kreide schraffiertes Feld. Keine Vorzeichnung, nichts,
das erkennen ließ, was hier hätte entstehen sollen. Als
ich zurücktrat, merkte ich, daß ich vier Schatten hatte,
einen von jedem Scheinwerfer, die sich zu meinen
Füßen überschnitten. An der Wand lehnten mehrere
große Leinwände, abgedeckt mit Planen aus Segeltuch.

Ich zog die erste Plane weg und zuckte zusammen.
Zwei Augen, ein verzerrter Mund: ein Gesicht, eigentümlich schief, wie eine Spiegelung in fließendem Wasser. Es war in hellen Farben gemalt, rote Linien zogen
sich wie verlöschende Flammen von ihm weg, seine
Augen betrachteten mich fragend und kalt. Und obwohl
der Stil unverkennbar war – der dünne Farbauftrag, die
Neigung zum Rotgelben, von der sowohl Komenew als
auch Mehring schrieb –, sah es doch anders aus als alles,
was ich von ihm kannte. Ich suchte seine Signatur und

fand sie nicht. Ich griff nach dem nächsten Tuch; als ich es berührte, hob sich eine Staubwolke.

Dasselbe Gesicht, diesmal ein wenig kleiner und rund in sich geschlossen, um die Mundwinkel ein abfälliges Lächeln. Auf der nächsten Leinwand war es wieder, diesmal mit unnatürlich in die Breite gezogenem Mund, die Augenbrauen liefen spitz auf die Nase zu, die Stirn furchte sich in maskenhafte Falten, einzelne Haare sträubten sich dünn, wie Risse im Papier. Kein Ansatz eines Halses, kein Körper, nur der abgetrennt im Leeren schwebende Kopf. Ich zog Plane um Plane weg, nun verformte sich das Gesicht stärker: Das Kinn zerrte sich in die Länge, die Farben wurden greller, Stirn und Ohren überlang. Aber seine Augen schienen mich jedesmal ferner, unbeteiligter und, ich zog die nächste Plane weg, verachtungsvoller anzublicken. Nun war es nach außen gewölbt wie in einem Zerrspiegel, hatte eine Harlekinnase und gekräuselte Stirnfalten, auf der nächsten Leinwand – die Plane verhakte sich, ich riß sie mit aller Kraft herunter, Staub wirbelte auf, ich mußte niesen – drückte es sich zusammen, als ballte der Spieler einer Handpuppe die Faust. Auf der nächsten Leinwand war es nur undeutlich zu sehen, wie durch vorbeiziehenden Schnee. Die übrigen Bilder waren nicht mehr zu Ende gebracht, nur Vorzeichnungen mit einigen Farbflächen, dort war eine Stirn, hier eine Wange erkennbar. In der Ecke lag, wie weggeworfen, ein Skizzenblock. Ich hob ihn auf, wischte ihn ab und öffnete ihn. Das gleiche Gesicht, von oben, von unten, von allen Seiten, einmal sogar, wie eine Maske, von innen gesehen. Die Skizzen waren mit Kohlestift gezeichnet, zunehmend unsicher, die Striche wurden zittrig und verfehlten einander, schließlich gab es nur mehr einen dicken schwarzen Fleck. Kohlesplitter rieselten mir entgegen. Die restlichen Seiten waren leer.

Ich legte den Block weg und begann, die Bilder nach einer Unterschrift oder einem Datum abzusuchen. Vergeblich. Ich drehte eine der Leinwände um und untersuchte den Holzrahmen, eine Glasscherbe fiel zu Boden. Ich hob sie mit spitzen Fingern auf. Da waren noch mehr; der ganze Fußboden hinter den Bildern war bedeckt mit zerbrochenem Glas. Ich hielt die Scherbe gegen das Licht und kniff ein Auge zu: Der Scheinwerfer machte einen winzigen Sprung, seine schwarze Fassung schlug eine Welle. Das Glas war geschliffen.

Ich holte meine Kamera aus der Tasche. Eine kleine, sehr gute Kodak, ein Weihnachtsgeschenk von Elke. Die Scheinwerfer waren so hell, daß ich weder Stativ noch Blitz brauchen würde. Ich ging in die Knie. Ein Gemälde mußte, das hatte mir der Fotochef der *Abendnachrichten* erklärt, ganz von vorne aufgenommen werden, damit keine perspektivische Verkürzung entstand, nur so war es zum Abdruck brauchbar. Ich fotografierte jede Leinwand zweimal und dann auch, ich stand auf und lehnte mich an die Wand, die Staffelei, die Pinsel auf dem Boden, die Glasscherben. Ich knipste, bis der Film zu Ende war. Dann steckte ich die Kamera ein und begann, die Bilder wieder abzudecken.

Es war anstrengend, und immer wieder verhakten sich die Planen. Woher kannte ich dieses Gesicht? Ich beeilte mich; ich wußte nicht warum, aber ich wollte so schnell wie möglich hinaus. Wieso in aller Welt kam es mir bekannt vor? Ich kam zum letzten Bild, begegnete seinem abschätzigen Blick, deckte es zu. Ich ging auf Zehenspitzen zur Tür, schaltete das Licht aus und atmete unwillkürlich auf.

Wieder stand ich im Flur und horchte. Im Wohnzimmer brummte noch die Fliege. »Hallo?« Niemand antwortete. »Hallo?« Ich ging hinauf ins erste Stockwerk.

Zwei Türen rechts, zwei links, eine am Ende des Flures. Ich begann auf der linken Seite. Ich klopfte, wartete einen Moment und öffnete.

Das mußte Miriams Zimmer sein. Ein Bett, ein Fernseher, Bücherregale und ein Kaminski der *Reflexionen*-Serie: drei Spiegel, in deren Mitte sich ein weggelegter Putzlappen, ein Schuh und ein Bleistift, arrangiert als Parodie eines Stillebens, zu einem perfekten System von Flächen ordneten; wenn man es aus dem Augenwinkel betrachtete, schien es schwach zu flimmern. Es mußte ein Vermögen wert sein. Ich sah in die Schränke, aber da waren nur Kleider, Schuhe, Hüte, einige Brillen, Unterwäsche aus Seide. Ich ließ eines der Höschen langsam durch die Finger gleiten; ich hatte noch nie eine Frau gekannt, die Seidenunterwäsche trug. Die Schublade des Nachttischs war gefüllt mit Medikamentenschachteln: Baldrian, Valium, Benedorm, mehrere Arten von Schlaf- und Beruhigungsmitteln. Die Beipackzettel wären interessant gewesen, aber dafür hatte ich keine Zeit.

Nebenan war ein Badezimmer. Sehr sauber und nach Scheuermitteln riechend, in der Wanne lag ein noch feuchter Schwamm, vor dem Spiegel standen drei Parfumflaschen. Leider war wirklich kein Chanel dabei, nur Marken, die ich nicht kannte. Kein Rasierzeug, offenbar benutzte der Alte ein anderes Bad. Wie rasierten Blinde sich eigentlich?

Die Tür am Ende des Ganges führte in einen ungelüfteten Raum. Die Fenster waren nicht geputzt, die Schränke leer, das Bett nicht bezogen: ein unbenutztes Gästezimmer. Eine kleine Spinne ließ ihr über der Fensterkante gespanntes Netz zittern. Auf dem Tisch lag ein Bleistift mit fast aufgebrauchtem Radiergummi und Zahnabdrücken im Holz. Ich nahm ihn, drehte ihn zwischen den Fingern, legte ihn zurück und ging hinaus.

Nur noch zwei Türen. Ich klopfte an die erste, wartete, klopfte noch einmal, trat ein. Ein Doppelbett, ein Tisch und ein Lehnstuhl. Eine offene Tür führte zu einem kleinen Badezimmer. Die Jalousien waren heruntergezogen, die Deckenlampe brannte. Im Lehnstuhl saß Kaminski.

Er schien zu schlafen, seine Augen waren geschlossen, er trug einen viel zu großen Seidenschlafrock mit aufgekrempelten Ärmeln. Seine Hände erreichten die Enden der Armlehnen nicht, die Rückenlehne ragte hoch über seinen Kopf, seine Füße hingen über dem Boden. Seine Stirn bewegte sich, er drehte den Kopf, öffnete und schloß ganz schnell die Augen und sagte: »Wer ist das?«

»Ich«, sagte ich, »Zöllner. Ich hatte meine Tasche vergessen. Anna mußte zu ihrer Schwester und fragte mich, ob ich bleiben könnte, kein Problem, und ... ich wollte Ihnen nur Bescheid sagen. Falls Sie etwas brauchen.«

»Was soll ich brauchen?« sagte er ruhig. »Die fette Kuh.«

Ich fragte mich, ob ich richtig gehört hatte.

»Fette Kuh«, wiederholte er. »Kochen kann sie auch nicht. Was haben Sie bezahlt?«

»Ich weiß nicht, was Sie meinen. Aber wenn Sie Zeit für ein Gespräch…«

»Waren Sie im Keller?«

»Im Keller?«

Er tippte an seine Nase. »Das riecht man.«

»In welchem Keller?«

»Sie weiß genau, daß wir sie nicht hinauswerfen können. Man bekommt hier oben niemanden.«

»Soll ich… die Lampe ausschalten?«

»Die Lampe.« Er runzelte die Stirn. »Nein, nein. Reine Gewohnheit. Nein.«

Ob er wieder eine Tablette genommen hatte? Ich zog mein Diktaphon aus der Tasche, schaltete es ein und legte es auf den Boden.

»Was war das?« fragte er.

Am besten war es wohl, gleich zur Sache zu kommen. »Erzählen Sie mir von Matisse!«

Er schwieg. Ich hätte gerne seine Augen gesehen, doch offenbar hatte er sich angewöhnt, sie nie zu öffnen, wenn er keine Brille trug. »Dieses Haus in Nizza. Ich dachte, so möchte ich auch einmal leben. Welches Jahr haben wir?«

»Bitte?«

»Sie waren doch im Keller. Welches Jahr?«

Ich sagte es ihm.

Er rieb sich das Gesicht. Ich sah auf seine Beine. Zwei Wollpantoffeln baumelten in der Luft, eine haarlose, weiße Kinderwade entblößte sich.

»Wo sind wir?«

»In Ihrem Haus«, sagte ich langsam.

»Nun sagen Sie schon, was Sie der fetten Kuh bezahlt haben!«

»Ich komme später wieder.« Er holte Luft, ich ging schnell hinaus und schloß die Tür. Das würde nicht leicht werden! Ich würde ihm ein paar Minuten geben, damit er sich sammeln konnte.

Ich öffnete die letzte Tür und hatte endlich das Büro gefunden. Ein Schreibtisch mit einem Computer, ein Drehstuhl, Aktenschränke, Ablagen, Papierstöße. Ich setzte mich und stützte den Kopf in die Hände. Die Sonne stand bereits niedrig, in der Ferne kletterte die Gondel einer Seilbahn einen Berghang empor, fing blitzend einen Sonnenstrahl auf, verschwand über einem Waldstück. Von nebenan hörte ich ein polterndes Geräusch; ich horchte, aber es kam nichts mehr.

Ich mußte systematisch vorgehen. Das war Miriams Arbeitsplatz, vermutlich war ihr Vater seit Jahren nicht hier gewesen. Zunächst würde ich alle offen daliegenden Papiere durchsehen, dann würde ich mich von unten nach oben durch die Tischschubladen arbeiten, dann kämen, von links nach rechts, die Schränke. Wenn nötig, konnte ich sehr ordentlich sein.

Das meiste waren finanzielle Unterlagen. Konto- und Depotauszüge über insgesamt weniger Geld, als ich erwartet hatte. Es gab Belege für ein Geheimkonto in der Schweiz, keine überwältigende Summe, doch immerhin konnte ich das notfalls als Druckmittel verwenden. Verträge mit Galeristen: Bogovic hatte zunächst vierzig, dann nur noch dreißig Prozent bekommen, auffallend wenig, wer immer damals mit ihm verhandelt hatte,

hatte seine Sache gut gemacht. Unterlagen einer privaten Krankenversicherung – ziemlich teuer –, dann auch eine Lebensversicherung, seltsamerweise für Miriam, doch nicht in auffallender Höhe. Ich schaltete den Computer ein, er fuhr ratternd hoch und verlangte nach dem Paßwort. Ich probierte es mit *miriam, manuel, adrienne, papa, mama, hallo* und *paßwort*, aber nichts funktionierte. Ärgerlich schaltete ich ab.

Nun kamen die Briefe. Schreibmaschinendurchschläge einer endlosen Korrespondenz mit Galeristen über Preise, Verkäufe, die Verschickung einzelner Bilder, die Rechte für Drucke, Postkarten, Bildbände. Die meisten Briefe waren von Miriam, einige hatte ihr Vater diktiert und unterschrieben, nur die ältesten waren in seiner eigenen Handschrift: Verhandlungen, Vorschläge, Forderungen, sogar Bitten aus der Zeit vor dem Ruhm. Damals war seine Schrift krakelig gewesen, die Zeilen fielen nach rechts ab, die i-Punkte sprangen aus den Zeilen. Durchschläge einiger Antworten an Journalisten: *Mein Vater ist und war nie gegenständlicher Maler, weil er nicht meint, daß dieser Begriff einen Sinn hat, entweder ist jede Malerei gegenständlich oder keine, und das wäre auch schon alles, was sich dazu sagen läßt.* Ein paar Briefe von Clure und anderen Freunden: Verabredungen, knappe Antworten, Geburtstagsgrüße und, in einem säuberlichen Stapel, Professor Mehrings Weihnachtskarten. Vortragseinladungen zu Universitäten; soviel ich wußte, hielt er nie Vorträge, offenbar hatte er ihnen allen abgesagt. Und die Fotokopie einer kuriosen Karte an Claes Oldenburg: Kaminski dankte ihm für seine Hilfe, bedauerte jedoch, zugeben zu müssen, daß er Oldenburgs Kunst – *Verzeihen Sie die Ehrlichkeit, aber in unserem Metier sind freundliche Lügen die einzige Sünde* – für wertlosen Unsinn hielt. Ganz zuunterst, auf dem Boden der letzten Schublade, fand ich eine dicke, mit einem kleinen Schloß versperrte Ledermappe. Ich versuchte vergeblich, sie mit dem Brieföffner aufzubekommen, und legte sie zur Seite, um mich später darum zu kümmern.

Ich sah auf die Uhr: Ich mußte mich beeilen! Keine Briefe an Dominik Silva, an Adrienne, an Therese? Es war doch die Zeit der Briefe gewesen! Aber da war nichts. Ich hörte einen Motor und trat beunruhigt ans Fenster. Unten hatte ein Wagen gehalten. Clure stieg aus, sah sich um, machte einige Schritte auf Kaminskis Haus zu, bog, ich atmete auf, seitlich ab und schloß sein Gartentor auf. Nebenan hörte ich Kaminskis trockenes Husten.

Ich kam zu den Schränken. Ich blätterte dicke Aktenordner durch, Versicherungsunterlagen, Grundbuchkopien, er hatte vor zehn Jahren ein Grundstück in Südfrankreich gekauft und mit Verlust wieder abgestoßen. Prozeßunterlagen eines Verfahrens gegen einen Galeristen, der Bilder aus seiner symbolistischen Frühzeit angeboten hatte. Auch alte Skizzenbücher mit detaillierten Aufzeichnungen über die Strahlengänge zwischen unterschiedlichen Spiegeln: Ich überschlug ihren Wert und kämpfte ein paar Sekunden gegen den Wunsch an, eines davon einzustecken. Schon war ich beim letzten Schrank: alte Rechnungen, Kopien von Steuererklärungen der letzten acht Jahre; ich hätte sie gerne durchgesehen, aber dafür war keine Zeit. Ich klopfte in der Hoffnung auf Geheimfächer oder doppelte Böden gegen die Rückwände. Ich legte mich auf den Boden und spähte unter die Schränke. Ich stellte mich auf den Stuhl und betrachtete sie von oben.

Ich öffnete das Fenster, setzte mich auf das Fensterbrett und zündete eine Zigarette an. Der Wind wehte die Asche davon, ich blies bedächtig den Rauch in die kühle Luft. Die Sonne berührte schon einen der Berggipfel, gleich würde sie verschwinden. Also nur noch diese Mappe. Ich schnippte die Zigarette weg, setzte mich an den Schreibtisch und zog mein Taschenmesser hervor.

Ein einziger glatter Schnitt von oben nach unten auf der Rückseite. Das Leder, schon brüchig, gab mit einem knarrenden Geräusch nach. Ich schnitt vorsichtig und langsam, dann klappte ich die Mappe von hinten auf. Niemand würde es bemerken. Warum sollte jemand sie herausnehmen, solange Kaminski noch lebte? Und danach war es egal.

Sie enthielt nur wenige Blätter. Ein paar Zeilen von Matisse, er wünsche Erfolg, habe Kaminski mehreren Sammlern empfohlen und sei mit Zuversicht und guten Wünschen hochachtungsvoll... Der nächste Brief ebenfalls von Matisse: Der Mißerfolg der Ausstellung tue ihm leid, aber da sei nichts zu machen, er empfehle Ernst und ständige Arbeit und sehe optimistisch in Herrn Kaminskis Zukunft, im übrigen sei er mit vielen guten Wünschen... Ein Telegramm von Picasso: *Spaziergänger* wundervoll, wünschte, das wäre von mir, alles Gute, Compadre, lebe immer! Dann, schon ziemlich vergilbt, drei Briefe in Richard Riemings kleiner, schwer lesbarer Handschrift. Den ersten kannte ich, er war in allen Rieming-Biographien abgedruckt; es war ein seltsames Gefühl, ihn plötzlich in der Hand zu halten. Er sei nun also auf dem Schiff, schrieb Rieming, und man würde sich in diesem Leben nicht mehr treffen. Das sei kein Grund zur Trauer, sondern eine Tatsache; und selbst wenn es nach der Trennung von diesem zerstörbaren Körper noch Modi des Fortbestandes gebe, so sei doch nicht ausgemacht, daß wir uns dann der alten Maskierungen erinnern und uns wiedererkennen würden, mit anderen Worten, gebe es denn Abschiede für immer, so sei dies einer. Sein Schiff sei unterwegs zu einem Ufer, an dessen Wirklichkeit er den Behauptungen der Bücher, der Fahrpläne und seiner eigenen Fahrkarte zum Trotz noch immer nicht glauben könne. Doch solle dieser Moment gegen Ende eines bestenfalls als Kompromiß mit dem sogenannten Leben angelegten Daseins nicht vorbeigehen, ohne für die Versicherung genutzt zu werden, daß er, Rieming, hätte er sich das Recht erworben, einen Menschen seinen Sohn zu nennen, diese Bezeichnung niemand anderem als dem Empfänger dieses Briefes zugestehen wolle. Er habe ein Leben geführt, das diesen Namen kaum verdiene, sei hiergewesen, ohne zu wissen, weshalb, habe sich getragen, weil man es eben müsse, oft frierend, manchmal Gedichte schreibend, deren einige das Los gehabt hätten, Gefallen zu finden. So stehe es ihm wohl kaum zu, jemandem von einem ähnlichen Weg abzuraten, und wünsche nur, daß Manuel von Traurigkeit verschont bleiben solle, das sei schon viel; eigentlich sei es alles.

Die beiden anderen Briefe Riemings waren älter und noch an Kaminski als Schüler gerichtet: In dem einen

riet er ihm, nicht noch einmal aus dem Internat zu flie-
hen, es helfe nichts, man müsse durchhalten; er wolle
nicht behaupten, daß Manuel einmal dankbar sein, aber
er verspreche ihm, daß er darüber hinwegkommen werde, man komme grundsätzlich über das meiste hinweg,
auch wenn man nicht wolle. In dem anderen kündigte er
an, daß *Worte am Wegrand* im nächsten Monat erscheinen werde und er dem Buch mit der bangen Freude
eines Kindes entgegenblicke, das befürchtete, zu Weih-
nachten das Falsche zu bekommen, und doch wisse,
daß, was immer es bekäme, das Richtige sei. Ich hatte
keine Ahnung, was er damit meinte. Aus alldem sprach
etwas Kaltes und Geziertes. Rieming war mir immer
schon unsympathisch gewesen.

Der nächste Brief war von Adrienne. Sie habe lange
nachgedacht, es sei ihr nicht leichtgefallen. Sie wisse,
daß es nicht in Manuels Fähigkeiten liege, Menschen
glücklich zu machen, und daß das Wort glücklich für
ihn nicht die gleiche Bedeutung habe wie für andere.
Aber sie werde es tun, sie werde ihn heiraten, sie sei zu
dem Risiko bereit, und wenn es ein Fehler sei, so werde
sie ihn machen. Dies sei für ihn wohl keine Überraschung, für sie aber sei es eine. Sie danke ihm, daß er ihr
Zeit gelassen habe, sie fürchte sich vor der Zukunft, aber
vielleicht müsse das so sein, und womöglich würde sie
auch einmal fähig sein, ihm die Worte zu sagen, die er so
gerne hören wolle.

Ich las es noch einmal und wußte nicht recht, was mir
daran so unheimlich vorkam. Jetzt war nur mehr ein
Blatt übrig: dünnes Karopapier, wie aus einem Schulheft
gerissen. Ich legte es vor mich hin und strich es glatt.

Das Datum war genau ein Monat vor dem Brief Adriennes. *Manuel, ich schreibe das hier nicht wirklich. Ich stelle...* Ein elektrisches Surren unterbrach mich: die Türklingel.

Beklommen lief ich die Treppe hinunter und öffnete. Ein grauhaariger Mann lehnte am Zaun, auf dem Kopf einen Trachtenhut, neben sich eine bauchige Tasche.

»Ja?«

»Doktor Marzeller«, sagte er mit tiefer Stimme. »Der Termin.«

»Sie haben einen Termin?«

»Er hat einen. Ich bin der Arzt.«

Mit so etwas hatte ich nicht gerechnet. »Das geht jetzt nicht«, sagte ich gepreßt.

»Was geht nicht?«

»Es geht jetzt leider nicht. Kommen Sie morgen!«

Er nahm den Hut ab und strich sich über den Kopf.

»Herr Kaminski arbeitet«, sagte ich. »Er möchte nicht gestört werden.«

»Meinen Sie, er *malt*?«

»Wir arbeiten an seiner Biographie. Er muß sich konzentrieren.«

»An seiner Biographie.« Er setzte den Hut wieder auf. »Muß sich konzentrieren.« Wieso zur Hölle wiederholte er alles?

»Mein Name ist Zöllner«, sagte ich. »Ich bin sein Biograph und Freund.« Ich streckte die Hand aus, er nahm sie zögernd. Sein Händedruck war unangenehm fest, ich erwiderte ihn. Er sah mich prüfend an.

»Ich gehe jetzt zu ihm.« Er machte einen Schritt vorwärts.

»Nein!« sagte ich und trat ihm in den Weg.

Er betrachtete mich fragend. Wollte er wissen, ob ich ihn aufhalten würde? Versuch es nur, dachte ich.

»Es ist doch sicher bloß Routine«, sagte ich. »Ihm fehlt nichts.«

»Wieso glauben Sie das?«

»Er ist wirklich sehr beschäftigt. Er kann nicht unterbrechen, es gibt so viele … Erinnerungen. Die Arbeit liegt ihm sehr am Herzen.«

Er zuckte die Achseln, blinzelte und trat einen Schritt zurück. Ich hatte gewonnen.

»Es tut mir leid«, sagte ich großmütig.

»Wie war Ihr Name?« fragte er.

»Zöllner«, sagte ich. »Auf Wiedersehen.«

Er nickte. Ich lächelte, er erwiderte meinen Blick ohne Freundlichkeit, ich schloß die Tür. Vom Küchenfenster sah ich zu, wie er zu seinem Auto ging, die Tasche in den Kofferraum stellte, sich hinter das Steuer setzte und losfuhr. Dann hielt er an, kurbelte das Fenster hinunter und sah noch einmal zum Haus herüber; ich trat schnell zurück, wartete ein paar Sekunden, trat wieder ans Fenster und sah den Wagen um die Kurve biegen. Erleichtert ging ich die Treppe hinauf.

Manuel, ich schreibe das hier nicht wirklich. Ich stelle mir nur vor, ich würde es schreiben, würde es nicht später in ein Kuvert stecken und in die Wirklichkeit schicken, zu Dir. Eben war ich im Kino, de Gaulle in der Wochenschau sah so lustig wie immer aus, draußen ist Tauwetter, zum ersten Mal dieses Jahr, und ich versuche mir einzubilden, das hätte gar nichts zu tun mit uns beiden. Im Grunde glaubt ja keiner von uns, weder ich noch die arme Adrienne, noch Dominik, daß man Dich verlassen könnte. Aber vielleicht irren wir uns.

Nach all der Zeit weiß ich noch immer nicht, was wir für Dich sind. Vielleicht die Spiegel (damit kennst Du Dich ja aus), die die Aufgabe haben, Dein Bild zurückzuwerfen und Dich zu etwas Großem, etwas Vielfältigem und Weitem zu machen. Ja, Du wirst berühmt sein. Und Du wirst es verdient haben. Nun wirst Du wohl zu Adrienne gehen, nehmen, was sie zu geben hat, und dafür sorgen, daß sie es später für ihre eigene Entscheidung hält, wenn sie geht. Vielleicht wirst Du sie zu Dominik schicken. Dann werden andere Menschen da sein, andere Spiegel. Aber ich nicht.

Nicht weinen, Manuel. Du hast immer leicht geweint, aber diesmal überlaß es mir. Natürlich, es ist das Ende, und wir sterben. Aber das heißt nicht, daß wir nicht noch lange da sein, andere Menschen finden, spazierengehen, nachts träumen und alles erledigen können, was eine Marionette so tut. Ich weiß nicht, ob ich das hier wirklich schreibe, auch nicht, ob ich es abschicken werde. Wenn aber doch, wenn ich es fertigbringe und Du es liest, dann versteh es bitte genau so: Laß mich gestorben sein! Ruf nicht an, und such nicht nach mir, ich bin nicht mehr da. Und während ich jetzt aus dem Fenster sehe und mich frage, warum sie alle nicht ...

Ich drehte es um, aber da kam nichts mehr, der Rest mußte verlorengegangen sein. Ich sah noch einmal alle Blätter durch, aber das fehlende war nicht dabei. Ich holte seufzend meinen Notizblock hervor und schrieb den ganzen Brief ab. Ein paarmal brach mein Bleistift, meine Schrift wurde vor Eile unleserlich, aber nach zehn

Minuten hatte ich es geschafft. Ich legte alle Papiere zurück in die Mappe und legte die Mappe ganz nach unten in die Schublade. Ich schloß die Schränke, rückte die Aktenstöße zurecht, überprüfte, ob auch keine Lade mehr offenstand. Ich nickte befriedigt: Niemand würde etwas bemerken, ich hatte es sehr geschickt gemacht. Eben ging die Sonne unter, die Berge sahen ein paar Sekunden schroff und riesig aus, dann wichen sie zurück und wurden flach und fern. Es war Zeit, meine beste Karte auszuspielen.

Ich klopfte, Kaminski antwortete nicht.

Ich trat ein. Er saß in seinem Stuhl, das Diktaphon lag immer noch auf dem Boden. »Schon wieder?« fragte er. »Wo ist Marzeller?«

»Der Doktor hat eben angerufen. Er kann nicht kommen. Können wir über Therese Lessing sprechen?«

Er schwieg.

»Können wir über Therese Lessing sprechen?«

»Sie müssen verrückt sein.«

»Hören Sie, ich möchte…«

»Was ist mit Marzeller los? Will der Kerl, daß ich krepiere?«

»Sie ist am Leben, und ich habe mit ihr gesprochen.«

»Rufen Sie ihn an. Was glaubt er denn!«

»Ich sagte, sie ist am Leben.«

»Wer?«

»Therese. Sie ist Witwe, und sie lebt. Im Norden, an der Küste. Ich habe die Adresse.«

Er antwortete nicht. Er hob langsam eine Hand, rieb sich die Stirn, senkte sie wieder. Sein Mund öffnete und schloß sich, seine Stirn legte sich in Falten. Ich sah nach dem Diktaphon: Die Sprachaktivierung hatte es eingeschaltet, es zeichnete jedes Wort auf.

»Dominik hat Ihnen gesagt, sie wäre tot. Aber es stimmt nicht.«

»Das ist doch nicht wahr«, sagte er leise. Seine Brust hob und senkte sich, ich machte mir Sorgen um sein Herz.

»Ich weiß es seit zehn Tagen. Es war nicht einmal schwer herauszubekommen.«

Er antwortete nicht. Ich beobachtete ihn aufmerksam: Er drehte den Kopf zur Wand, ohne die Augen zu öffnen. Seine Lippen zitterten. Er blies die Backen auf und stieß die Luft heraus.

»Ich werde sie in Kürze sehen«, sagte ich. »Ich kann sie alles fragen, was Sie wollen. Sie müssen mir nur erzählen, was damals passiert ist.«

»Was bilden Sie sich ein!« flüsterte er.

»Wollen Sie nicht die Wahrheit wissen?«

Er schien nachzudenken. Nun hatte ich ihn in der Hand. Damit hatte er nicht gerechnet; auch er hatte Sebastian Zöllner unterschätzt! Vor Nervosität konnte ich nicht stillhalten, ich ging zum Fenster und spähte durch die Lamellen der Jalousie. Von Sekunde zu Sekunde wurden die Lichter im Tal deutlicher. Die Sträucher standen rund, wie aus Kupfer gestochen, in der Dämmerung.

»Nächste Woche werde ich bei ihr sein«, sagte ich, »dann kann ich sie fragen ...«

»Ich fliege nicht«, sagte er.

»Aber nein«, sagte ich beruhigend. Er war doch sehr verwirrt. »Sie sind zu Hause. Alles in Ordnung!«

»Die Medikamente sind neben dem Bett.«

»Das ist fein.«

»Sie Trottel«, sagte er ruhig. »Sie sollen sie einpak-ken.«

Ich starrte ihn an. »Einpacken?«

»Wir fahren hin.«

»Das ist doch nicht Ihr Ernst!«

»Warum nicht?«

»Ich kann ihr jede Frage übermitteln. Aber das geht nicht. Sie sind zu... krank.« Beinahe hätte ich ›alt‹ gesagt. »Ich kann die Verantwortung nicht übernehmen.«
Träumte ich, oder führten wir dieses Gespräch wirklich?

»Sie haben sich nicht geirrt, haben sie nicht verwechselt? Sie sind nicht hereingelegt worden?«

»Niemand«, sagte ich, »würde Sebastian Zöllner...«
Er schnaufte abfällig.

»Nein«, sagte ich. »Sie lebt und...« Ich zögerte.
»...möchte mit Ihnen sprechen. Sie können zum Telefon gehen...«

»Ich gehe nicht zum Telefon. Wollen Sie sich diese Möglichkeit entgehen lassen?«

Ich rieb mir die Stirn. Was war geschehen, hatte ich nicht gerade noch alles unter Kontrolle gehabt? Irgendwie war mir die Sache entglitten. Und er hatte recht: Wir würden zwei Tage unterwegs sein, auf soviel Zeit mit ihm hätte ich nie hoffen können. Ich konnte ihn fragen, was ich wollte. Mein Buch würde ein bleibendes Quellenwerk sein, gelesen von den Studenten, von den Kunstgeschichten zitiert.

»Es ist seltsam«, sagte er, »Sie in meinem Leben zu wissen. Seltsam und nicht angenehm.«

»Sie sind berühmt. Das wollten Sie doch. Berühmt sein heißt jemanden wie mich haben.« Ich wußte nicht, warum ich das gesagt hatte.

»Im Schrank ist ein Koffer. Packen Sie ein paar Sachen von mir ein.«

Ich atmete schwer. Das war doch nicht möglich! Ich hatte gehofft, ihn zu überraschen und zu verwirren, um ihn dazu zu bringen, von Therese zu sprechen. Doch ich hatte ihn nicht entführen wollen! »Sie sind seit Jahren nicht gereist.«

»Die Autoschlüssel hängen neben der Haustür. Sie können doch fahren?«

»Ich fahre sehr gut.« Hatte er wirklich vor, jetzt sofort, einfach so, zusammen mit mir…? Er mußte verrückt sein. Andererseits: War das mein Problem? Natürlich, die Reise würde seine Gesundheit gefährden. Aber um so früher konnte das Buch erscheinen.

»Was ist nun?« fragte er.

Ich setzte mich auf den Bettrand. Ruhig bleiben, dachte ich, ruhig! Nachdenken! Ich konnte es auch lassen und einfach hinausgehen; er würde einschlafen, und morgen früh hätte er das Ganze vergessen. Und die Gelegenheit meines Lebens wäre vorbei.

»Also los!« rief ich. Ich sprang auf, das Bett quietschte, er zuckte zusammen.

Ein paar Sekunden saß er starr da, als könnte nun er es nicht glauben. Dann streckte er langsam die Hand aus. Ich faßte danach, und in derselben Sekunde wußte ich, daß es entschieden war. Sie fühlte sich kühl und weich an, doch ihr Griff war überraschend fest. Ich stützte ihn, er glitt aus dem Sessel. Ich stockte, er zog mich zur Tür.

Im Gang blieb er stehen, ich schob ihn mit Bestimmtheit weiter. Auf der Treppe hätte ich nicht mehr sagen können, wer von uns den anderen führte.

»Nicht so schnell«, sagte ich heiser. »Ich muß noch Ihr Gepäck holen.«

VII

Nun fuhr ich also wirklich den BMW. Die Straße lief steil abwärts, die Scheinwerfer holten nur ein paar Meter Asphalt aus der Dunkelheit; die Kurven waren schwierig zu fahren. Wieder eine: Ich riß das Lenkrad herum, die Straße krümmte sich und krümmte sich stärker; ich dachte, nun müsse es vorbei sein, doch sie krümmte sich immer noch; wir kamen gefährlich nahe an den rechten Rand, der Motor gab ein hustendes Geräusch von sich, ich schaltete hinunter, er heulte auf, die Kurve war vorbei.

»Sie müssen früher schalten«, sagte Kaminski.

Ich verkniff mir eine Antwort, schon war die nächste Kurve da, und ich mußte mich konzentrieren: Schalten, etwas weniger Gas, zurückschalten, der Motor gab ein tiefes Brummen von sich, die Straße streckte sich in die Gerade.

»Sehen Sie!« sagte er.

Ich hörte sein Schmatzen, sah aus dem Augenwinkel die Bewegung seiner Kiefer. Er hatte die schwarze Brille aufgesetzt, die Hände im Schoß gefaltet und den Kopf zurückgelegt, über Hemd und Pullover trug er immer noch den Schlafrock. Ich hatte seine Schuhbänder zugebunden und ihn angeschnallt, aber er hatte den Gurt sofort wieder geöffnet. Er sah blaß und aufgeregt aus. Ich öffnete das Handschuhfach und legte das eingeschaltete Diktaphon hinein.

»Wann war Ihre letzte Begegnung mit Rieming?«

»Einen Tag bevor sein Schiff ablegte. Wir gingen spazieren, er trug zwei Mäntel übereinander, weil ihm kalt war. Ich sagte, daß ich Probleme mit dem Sehen hatte, er sagte: ›Üben Sie Ihr Gedächtnis!‹ Er schlug ständig die Hände zusammen, und seine Augen tränten. Chronisch entzündet. Er war sehr besorgt wegen der Reise, er hatte Angst vor dem Wasser. Richard hatte Angst vor allem.«

Plötzlich waren wir in der längsten Kurve, die ich je gesehen hatte: Mir war, als ob wir uns im Kreis drehten, fast eine Minute lang. »Und seine Beziehung zu Ihrer Mutter?«

Er schwieg. Die Häuser des Dorfes tauchten auf: Schwarze Schatten, erleuchtete Fenster, ein Ortsschild, ein paar Sekunden schwebten Straßenlaternen über uns, der Hauptplatz zeigte seine hellen Auslagen. Noch ein Ortsschild, diesmal durchgestrichen, dann wieder Dunkelheit.

»Er war einfach da. Er bekam zu essen, las seine Zeitung und ging abends in sein Zimmer, um zu arbeiten. Mama und er waren immer per Sie.«

Die Kurven wurden weiter. Ich hielt das Lenkrad lockerer und lehnte mich zurück. Allmählich gewöhnte ich mich daran.

»Er hatte natürlich keine Lust, mein Gekritzel in sein Buch aufzunehmen. Aber er hatte Angst vor mir.«

»Wirklich?«

Kaminski kicherte. »Ich war fünfzehn und ein bißchen wahnsinnig. Der arme Richard dachte, ich wäre zu allem fähig. Ein angenehmes Kind war ich jedenfalls nicht!«

Ich schwieg verdrossen. Natürlich wäre das, was er mir da sagte, eine Sensation; aber womöglich wollte er mich nur in die Irre führen, es klang einfach nicht wahrscheinlich. Wen hätte ich fragen können? Neben mir saß der letzte Mensch, der Rieming noch gekannt hatte. Und alles, was dieser außerhalb der Bücher gewesen war – die beiden Mäntel, das Händeklatschen, die Furcht und die tränenden Augen –, würde mit seinem Gedächtnis verschwinden. Und vielleicht würde ausgerechnet ich einmal der letzte sein, der sich noch … Was war los mit mir?

»Mit Matisse war es ähnlich. Er wollte mich hinauswerfen. Aber ich bin nicht gegangen. Meine Bilder haben ihm nicht gefallen. Aber ich bin nicht gegangen! Wissen Sie, wie das ist, wenn jemand einfach nicht geht? So kann man eine Menge erreichen.«

»Ich weiß. Als ich meine Reportage über Wernicke geschrieben habe …«

»Was sollte er also tun? Schließlich schickte er mich zu einem Sammler.«

»Zu Dominik Silva.«

»Ach, er war so groß und in sich versunken und beeindruckend, und mir war es ganz egal. Ein junger Künstler ist etwas Seltsames. Halb verrückt vor Ehrgeiz und Gier.«

Eine letzte Kurve mündete in die Landstraße. Da war schon das Pilzdach des Bahnhofes, das Tal war so schmal, daß die Schienen eng neben der Straße liefen. Ein entgegenkommendes Auto blieb stehen und hupte, ich fuhr achtlos vorbei und bemerkte dann erst, daß ich noch mit Fernlicht fuhr. Ein zweites Auto bremste scharf, ich blendete ab. Ich vermied die Auffahrt zur Autobahn, ich hatte keine Lust, Gebühren zu bezahlen.

Die Straßen waren um diese Zeit ohnehin leer. Schatten von Wäldern, ein lichtloses Dorf; mir war, als reisten wir durch ausgestorbenes Land. Ich öffnete einen Spalt weit das Fenster, ich fühlte mich leicht und unwirklich. Nachts, im Auto, allein mit dem größten Maler der Welt. Wer hätte das vor einer Woche vermutet!

»Darf ich rauchen?«

Er antwortete nicht, er war eingeschlafen. Ich hustete, so laut ich konnte, aber es half nicht, er wachte nicht auf. Ich klopfte auf das Lenkrad. Ich räusperte mich. Ich summte vor mich hin. Er sollte nicht schlafen, er sollte mit mir sprechen! Schließlich gab ich es auf und schaltete das Diktaphon ab. Eine Weile hörte ich seinem Schnarchen zu, dann zündete ich mir eine Zigarette an. Aber auch der Rauch weckte ihn nicht. Wofür brauchte er eigentlich Schlaftabletten?

Ich blinzelte, auf einmal war mir, als wäre ich eingeschlafen, ich fuhr erschrocken auf, doch es war nichts geschehen, Kaminski schnarchte, die Straße war leer, und ich steuerte zurück auf die rechte Seite. Eine Stunde später kam er zu sich und ließ mich halten, weil er hinausmußte. Beunruhigt fragte ich, ob ich helfen sollte, aber er murmelte, das wäre ja noch schöner, stieg aus und nestelte im Streulicht der Scheinwerfer an seiner Hose. Er tastete nach dem Autodach, setzte sich vorsichtig und schlug die Tür zu. Ich fuhr an, und wenige Sekunden später schnarchte er wieder. Einmal murmelte er im Schlaf, sein Kopf ruckte hin und her, er verströmte einen schwachen Altmännergeruch.

Der Morgen ließ nach und nach die Berge hervortreten und den Himmel zurückweichen, in den über die

Ebene verteilten Häusern schalteten sich Lichter an und wieder aus. Die Sonne ging auf und kletterte höher, ich klappte die Sichtblende herunter. Bald füllte die Straße sich mit Autos, Lieferwagen, immer wieder auch Traktoren, die ich hupend überholte. Kaminski seufzte.

»Gibt es Kaffee?« fragte er plötzlich.

»Das läßt sich machen.«

Er räusperte sich, blies Luft durch die Nase, bewegte die Lippen und horchte in meine Richtung. »Wer sind Sie?«

Mein Herz setzte einen Sprung aus. »Zöllner!«

»Wohin fahren wir?«

»Zu...« Ich schluckte. »Zu Therese, Ihrer... Zu Therese Lessing. Wir hatten... Sie hatten gestern... diese Idee. Ich wollte helfen.«

Er schien nachzudenken. Seine Stirn zerfurchte sich, sein Kopf zitterte ein wenig.

»Sollen wir zurück?« fragte ich.

Er zuckte die Achseln. Er nahm die Brille ab, faltete sie und steckte sie in die Brusttasche des Schlafrocks. Seine Augen waren geschlossen. Er fingerte an seinen Zähnen. »Bekomme ich Frühstück?«

»Beim nächsten Rasthaus können wir...«

»Frühstück!« wiederholte er und spuckte aus. Einfach so, auf den Boden vor sich. Erschrocken sah ich ihn an. Er hob seine großen Hände und rieb sich die Augen.

»Zöllner«, sagte er heiser, »ja?«

»Richtig.«

»Malen Sie selbst?«

»Nicht mehr. Ich habe es versucht, aber als ich die

Aufnahmeprüfung der Hochschule nicht geschafft habe, habe ich aufgehört. Vielleicht ein Fehler! Ich sollte wieder anfangen.«

»Nein.«

»Ich habe Farbkompositionen im Stil von Yves Klein gemacht. Einigen Leuten haben sie gefallen. Aber es wäre natürlich albern, wenn ich ernsthaft damit …«

»Das will ich meinen.« Er setzte umständlich seine Brille auf. »Frühstück!«

Ich zündete noch eine Zigarette an, es schien ihn nicht zu stören. Für einen Moment bedauerte ich das. Ich blies den Qualm in seine Richtung. Ein Schild wies zu einem Rasthaus, ich fuhr auf den Parkplatz, stieg aus und schlug die Tür hinter mir zu.

Ich ließ mir absichtlich Zeit, er sollte ruhig warten. Das Restaurant war staubig und verraucht, es waren kaum Gäste da. Ich verlangte zwei Becher Kaffee und fünf Croissants. »Gut einpacken, den Kaffee nicht zu schwach!« Über ihren Kaffee habe sich noch keiner beschwert, sagte die Kellnerin und warf mir einen trägen Blick zu. Ich sagte, sie müsse mich mit jemandem verwechseln, den das interessiere. Sie fragte, ob ich ihr blöd kommen wolle. Ich sagte, sie solle sich beeilen.

Mühsam balancierte ich die dampfenden Becher und die Papiertasche mit den Croissants zum Wagen. Die hintere Tür stand offen, ein Mann saß auf der Rückbank und sprach auf Kaminski ein. Er war dünn, hatte eine Hornbrille, fettige Haare und vorstehende Zähne. Neben ihm lag ein Rucksack. »Bedenken Sie, lieber Herr!« sagte er. »Vorsicht ist das wichtigste. Das Übel tarnt sich als der leichtere Weg.« Kaminski nickte lächelnd. Ich setzte mich ans Steuer, schlug die Tür zu und sah fragend von einem zum anderen.

»Das ist Karl Ludwig«, sagte Kaminski in einem Ton, als wäre jede weitere Frage überflüssig.

»Sagen Sie Karl Ludwig zu mir.«

»Er wird ein Stück mitfahren«, sagte Kaminski.

»Das geht doch in Ordnung?« fragte Karl Ludwig.

»Wir nehmen keine Anhalter mit!«

Ein paar Sekunden war es still. Karl Ludwig seufzte. »Ich habe es gesagt, lieber Herr.«

»Unsinn!« sagte Kaminski. »Zöllner, wenn mich nicht alles täuscht, ist das mein Auto.«

»Schon, aber…«

»Geben Sie mir den Kaffee! Wir fahren.«

Ich hielt den Becher vor ihn hin, absichtlich ein wenig zu hoch; er tastete danach, fand und nahm ihn. Ich legte ihm die Papiertasche in den Schoß, trank meinen Kaffee aus, er war natürlich doch zu schwach, warf den Becher aus dem Fenster und ließ den Motor an. Parkplatz und Raststätte schrumpften in den Rückspiegel.

»Darf ich mich erkundigen, wohin Sie fahren?« fragte Karl Ludwig.

»Natürlich«, sagte Kaminski.

»Wohin fahren Sie?«

»Das ist persönlich«, sagte ich.

»Das will ich gern glauben, doch…«

»Und damit meine ich, daß es Sie nichts angeht.«

»Sie haben ganz recht.« Karl Ludwig nickte. »Ich entschuldige mich, Herr Zöllner.«

»Woher kennen Sie meinen Namen?«

»Herrgott«, sagte Kaminski, »weil ich ihn gerade verwendet habe.«

»Eben deshalb«, sagte Karl Ludwig.

»Erzählen Sie von sich!« sagte Kaminski.

»Da ist nicht viel zu erzählen. Ich hatte es schwer.«

»Wer nicht«, sagte Kaminski.

»Da sprechen Sie etwas Richtiges aus, lieber Herr!« Karl Ludwig rückte an seiner Brille. »Denn sehen Sie, ich war einmal jemand. Scharfer Blick die Welt zu schauen, Mitsinn jedem Herzensdrang, Liebesglut der besten Frauen und ein eigenster Gesang. Und jetzt? Sehen Sie mich an!«

Ich zündete eine Zigarette an. »Wie war das mit den Frauen?«

»Das war Goethe«, sagte Kaminski. »Erkennen Sie eigentlich gar nichts? Geben Sie mir auch eine.«

»Sie dürfen nicht rauchen.«

»Richtig«, sagte Kaminski und streckte die Hand aus. Ich dachte daran, daß es schließlich in meinem Interesse war, und legte eine Zigarette hinein. Ein paar Sekunden lang fühlte ich Karl Ludwigs Blick im Rückspiegel. Ich seufzte und hielt die Schachtel so über meinen Kopf, daß er eine Zigarette herausnehmen konnte. Er griff zu, ich spürte, wie seine Finger sich weich und feucht um die meinen legten, und zog mir die Schachtel aus der Hand.

»He!« rief ich.

»Sie beide, wenn ich das sagen darf, erscheinen mir merkwürdig.«

»Wie meinen Sie das?«

Wieder sein Blick im Spiegel: schmal, konzentriert

und hämisch. Er bleckte die Zähne. »Sie sind nicht verwandt, nicht Lehrer und Schüler, auch arbeiten Sie nicht zusammen. Und er …« Er hob einen dünnen Finger und zeigte auf Kaminski. »…kommt mir bekannt vor. Sie nicht.«

»Das wird seine Gründe haben«, sagte Kaminski.

»Ich vermute!« sagte Karl Ludwig. Die beiden lachten. Was ging hier vor?

»Geben Sie die Zigaretten zurück!« sagte ich

»Wie unaufmerksam von mir. Bitte entschuldigen Sie.« Karl Ludwig rührte sich nicht. Ich rieb mir die Augen, plötzlich fühlte ich mich schwach.

»Lieber Herr«, sagte Karl Ludwig. »Ein Großteil des Lebens ist Falschheit und Verschwendung. Wir begegnen dem Übel und erkennen es nicht. Wollen Sie mehr hören?«

»Nein«, sagte ich.

»Ja«, sagte Kaminski. »Kennen Sie Hieronymus Bosch?«

Karl Ludwig nickte. »Er hat den Teufel gemalt.«

»Das ist nicht gesichert.« Kaminski setzte sich auf. »Sie meinen die menschenfressende Figur mit dem Nachttopf auf dem Schädel ganz rechts im *Garten der Lüste*?«

»Weiter oben«, sagte Karl Ludwig. »Der Mann, der aus einem Baum wächst.«

»Interessante Idee«, sagte Kaminski, »die einzige Figur, die aus dem Bild blickt und keinen Schmerz zeigt. Aber da sind Sie auf dem Holzweg.«

Ich sah wütend von einem zum anderen. Wovon redeten sie?

»Das ist nicht der Teufel!« sagte Kaminski. »Sondern ein Selbstporträt.«

»Ist das ein Widerspruch?« fragte Karl Ludwig.

Ein paar Sekunden war es still. Karl Ludwig lächelte im Rückspiegel, Kaminski kaute verdutzt an seiner Unterlippe.

»Ich glaube, Sie sind falsch abgebogen«, sagte Karl Ludwig.

»Sie wissen doch nicht, wohin wir fahren!« sagte ich.

»Wohin fahren Sie denn?«

»Nicht übel«, sagte Kaminski und reichte ihm die Croissants nach hinten. »Der Baummann. Nicht übel!« Karl Ludwig zerriß das Papier und begann gierig zu essen.

»Sie sagten, Sie hatten es schwer«, sagte Kaminski. »Ich erinnere mich noch gut an meine erste Ausstellung. Was für eine Niederlage!«

»Ich habe auch ausgestellt«, sagte Karl Ludwig kauend.

»Wirklich?«

»In privatem Rahmen. Schon lange her.«

»Gemälde?«

»Etwas in der Art.«

»Sie waren sicher gut«, sagte Kaminski.

»Ich denke nicht, daß man das behaupten kann.«

»War es schlimm für Sie?« fragte ich.

»Nun ja«, sagte Karl Ludwig. »Im Prinzip schon. Ich hatte …«

»Ich habe nicht Sie gefragt!« Ein Sportwagen fuhr zu langsam, ich hupte und überholte.

»Es ging«, sagte Kaminski. »Durch Zufall hatte ich keine Geldsorgen.«

»Durch Dominik Silva.«

»Und ich hatte genug Einfälle. Ich wußte, daß meine Zeit kommen würde. Ehrgeiz ist wie eine Kinderkrankheit. Man überwindet ihn und ist gestärkt.«

»Manche überwinden ihn nicht«, sagte Karl Ludwig.

»Außerdem war Therese Lessing noch da«, sagte ich.

Kaminski antwortete nicht. Ich blickte ihn scharf von der Seite an: Seine Züge hatten sich verdunkelt. Im Rückspiegel wischte sich Karl Ludwig mit dem Handrücken den Mund ab, Krümel rieselten auf das Leder der Sitzbank.

»Ich will nach Hause«, sagte Kaminski.

»Entschuldigen Sie!«

»Nichts zu entschuldigen. Bringen Sie mich heim!«

»Vielleicht sollten wir das in Ruhe besprechen.«

Er drehte den Kopf, und für eine lange Sekunde war das Gefühl, daß er mich durch das Schwarz seiner Brille ansah, so stark, daß es mir den Atem nahm. Dann wandte er sich ab, sein Kopf sank auf die Brust, sein ganzer Körper schien zu schrumpfen.

»Gut«, sagte ich leise, »fahren wir zurück.« Karl Ludwig kicherte. Ich blinkte, fuhr von der Straße ab, wendete.

»Weiter«, sagte Kaminski.

»Was?«

»Wir fahren weiter.«

»Aber gerade haben Sie …«

Er zischte, und ich schwieg. Sein Gesicht war hart, wie aus Holz geschnitzt. Hatte er es sich wieder anders überlegt, oder wollte er mir bloß seine Macht zeigen? Aber nein, er war alt und verwirrt, ich durfte ihn nicht überschätzen. Ich wendete ein zweites Mal und fuhr zurück auf die Straße.

»Manchmal findet man schwer zu Entschlüssen«, sagte Karl Ludwig.

»Seien Sie ruhig!« sagte ich. Kaminskis Kiefer mahlten leer, sein Gesicht war wieder schlaff, als wäre nichts geschehen.

»Übrigens«, sagte ich, »ich war in Clairance.«

»Wo?«

»In der Salzmine.«

»Sie geben sich aber Mühe!« rief Kaminski.

»Haben Sie sich dort wirklich verirrt?«

»Ich weiß, es klingt lächerlich. Ich konnte den Führer nicht mehr finden. Bis dahin hatte ich die Sache mit meinen Augen nicht ernst genommen. Aber plötzlich war überall Nebel. Da unten konnte es keinen Nebel geben. Also hatte ich ein Problem.«

»Makuladegeneration?« fragte Karl Ludwig.

»Was?« fragte ich.

Kaminski nickte. »Gut geraten.«

»Erkennen Sie heute gar nichts mehr?« fragte Karl Ludwig.

»Formen, manchmal Farben. Umrisse, wenn ich Glück habe.«

»Haben Sie allein hinausgefunden?« fragte ich.

»Gott sei Dank schon. Ich habe den alten Trick verwendet, immer an der rechten Wand entlangzugehen.«

»Ich verstehe.« An der rechten Wand? Ich versuchte es mir vorzustellen. Wieso sollte das funktionieren?

»Am nächsten Tag war ich beim Augenarzt. Da habe ich es erfahren.«

»Sie dachten wohl, die Welt geht unter«, sagte Karl Ludwig.

Kaminski nickte langsam. »Und wissen Sie was?«

Karl Ludwig beugte sich vor.

»Sie ging unter.«

Die Sonne stand fast im Zenit, die Berge, schon sehr fern, verschwammen im Mittagsdunst. Ich mußte gähnen, eine angenehme Erschöpfung legte sich über mich. Ich begann, von meiner Wernicke-Reportage zu erzählen. Wie ich durch Zufall von dem Fall gehört hatte, am Beginn großer Leistungen steht oft das Glück, wie ich als erster bei dem Haus gewesen war und durch das Fenster gespäht hatte. Ich beschrieb die vergeblichen Versuche der Witwe, mich loszuwerden. Wie immer kam die Geschichte gut an: Kaminski lächelte versonnen, Karl Ludwig betrachtete mich mit offenem Mund. Ich hielt an der nächsten Tankstelle.

Unser Auto war das einzige, das Tankstellenhäuschen klebte niedrig im Grün. Während ich den Tank füllte, stieg Kaminski aus. Er strich stöhnend seinen Schlafrock glatt, preßte eine Hand auf den Rücken, zog den Stock an sich und richtete sich auf. »Führen Sie mich zur Toilette!«

Ich nickte. »Karl Ludwig, aussteigen!«

Karl Ludwig setzte umständlich seine Brille auf und bleckte die Zähne. »Warum?«

»Ich schließe ab.«

»Keine Sorge, ich bleibe im Wagen.«

»Eben deshalb.«

»Wollen Sie ihn beleidigen?« fragte Kaminski.

»Sie beleidigen mich«, sagte Karl Ludwig.

»Er hat Ihnen nichts getan!«

»Ich habe nichts getan.«

»Also lassen Sie den Blödsinn!«

»Ja bitte. Ich bitte Sie.«

Ich seufzte, beugte mich vor, steckte das Diktaphon ein, zog den Autoschlüssel ab, warf Karl Ludwig einen warnenden Blick zu, hängte meine Tasche um und faßte nach Kaminskis Hand. Wieder seine weiche, seltsam sichere Berührung, wieder das Gefühl, daß er eigentlich mich führte. Beim Warten betrachtete ich Werbeplakate: *Trink doch Bier!*, eine lachende Hausfrau, drei fette Kinder, eine runde Teekanne mit einem lachenden Gesicht. Ich lehnte mich einen Moment an die Wand, ich war doch sehr müde.

Wir gingen zur Kasse. »Ich habe kein Geld dabei«, sagte Kaminski.

Ich biß die Zähne zusammen und holte meine Kreditkarte hervor. Draußen sprang ein Motor an, starb ab, sprang wieder an und entfernte sich; die Frau an der Kasse sah neugierig auf den Monitor der Überwachungskamera. Ich unterschrieb und nahm Kaminski beim Arm. Die Tür öffnete sich zischend.

Ich blieb so abrupt stehen, daß Kaminski fast hingefallen wäre.

Trotzdem: Ich war nicht wirklich überrascht. Mir war, als hätte es so kommen müssen, als erfüllte sich eine bedrückend notwendige Komposition. Ich war nicht einmal erschrocken. Ich rieb mir die Augen. Ich wollte schreien, aber mir fehlte die Kraft. Langsam sank ich in die Knie, setzte mich auf den Boden und stützte den Kopf in die Hände.

»Was denn?« fragte Kaminski.

Ich schloß die Augen. Plötzlich war es mir egal. Mochten er, mein Buch und meine Zukunft zum Teufel gehen! Was hatte ich mit alldem zu schaffen, was ging dieser Greis mich an? Der Asphalt war warm, die Dunkelheit hell gemasert, es roch nach Gras und Benzin.

»Zöllner! Sind Sie gestorben?«

Ich öffnete die Augen. Langsam stand ich auf.

»Zöllner!« brüllte Kaminski. Seine Stimme war hoch und schneidend. Ich ließ ihn stehen und ging wieder hinein. Die Frau an der Kasse lachte, als hätte sie noch nie etwas so Komisches erlebt. »Zöllner!« Sie nahm den Telefonhörer, ich wehrte ab, die Polizei würde uns bloß aufhalten und lästige Fragen stellen. Ich sagte, ich würde mich selbst darum kümmern. »Zöllner!« Sie solle uns nur ein Taxi rufen. Sie tat es, dann wollte sie Geld für das Telefonat. Ich fragte, ob sie verrückt sei, ging hinaus und faßte Kaminski am Ellenbogen.

»Da sind Sie ja! Was ist los?«

»Tun Sie nicht so, als ob Sie das nicht wissen.«

Ich sah mich um. Ein leichter Wind ließ Wellen über die Felder laufen, im Himmel hingen wenige dünne Wolken. Eigentlich war es ein friedlicher Ort. Man hätte hierbleiben können.

Aber da kam schon unser Taxi. Ich half Kaminski auf den Rücksitz und bat den Fahrer, uns zum nächsten Bahnhof zu bringen.

VIII

Das Läuten eines Telefons riß mich aus dem Schlaf. Ich tastete nach dem Hörer, irgend etwas fiel zu Boden, ich fand ihn und zog ihn an mich. Wer? Wegenfeld, Anselm Wegenfeld, von der Rezeption. Fein, sagte ich, was ist? Um mich setzte sich ein abgenutztes Zimmer zusammen: Bettpfosten und Tisch, eine fleckige Nachttischlampe, ein schief aufgehängter Spiegel. Der alte Herr, sagte Wegenfeld. Wer? Der alte Herr, wiederholte er mit seltsamer Betonung. Ich setzte mich auf und war hellwach. »Was ist passiert?«

»Nichts, aber Sie sollten nach ihm sehen.«

»Warum?«

Wegenfeld räusperte sich. Er hustete, dann räusperte er sich wieder. »In diesem Haus gibt es Regeln. Sie werden verstehen, daß wir manche Dinge nicht dulden können. Das verstehen Sie doch?«

»Zum Teufel, was ist los?«

»Sagen wir, er hat Besuch. Schicken Sie sie weg, oder wir tun das!«

»Sie wollen doch nicht behaupten…!«

»Doch«, sagte Wegenfeld, »genau das.« Er legte auf.

Ich stand auf, ging in das winzige Badezimmer und wusch mir das Gesicht mit kaltem Wasser. Es war fünf Uhr nachmittags, im Tiefschlaf hatte ich jedes Zeitgefühl verloren. Es dauerte ein paar Sekunden, bis die Erinnerung zurückkam.

Ein schweigsamer Taxifahrer hatte uns von der Tankstelle weggebracht. »Nein«, hatte Kaminski plötzlich gesagt. »Nicht zum Bahnhof! Ich will mich hinlegen.«

»Das können Sie jetzt nicht.«

»Ich kann und ich werde. In ein Hotel!«

Der Fahrer nickte gleichmütig.

»Das hält uns nur auf«, sagte ich. »Wir müssen weiter.« Der Fahrer zuckte die Achseln.

»Es ist gleich eins«, sagte Kaminski.

Ich sah auf die Uhr, es war fünf vor eins. »Noch lange nicht.«

»Um eins lege ich mich hin. Ich tue das seit vierzig Jahren, und ich werde es nicht ändern. Ich kann diesen Herrn auch bitten, mich nach Hause zu bringen.«

Der Fahrer warf ihm einen gierigen Blick zu.

»Also gut«, sagte ich. »In ein Hotel.« Ich fühlte mich leer und kraftlos. Ich tippte dem Fahrer auf die Schulter. »Und zwar das beste der Gegend.« Bei dem Wort ›beste‹ schüttelte ich den Kopf und machte eine abwinkende Handbewegung. Er verstand und grinste.

»In ein anderes gehe ich auch nicht«, sagte Kaminski.

Ich schob dem Fahrer einen Geldschein zu. Er zwinkerte. »Ich bringe Sie zum allerbesten!«

»Das hoffe ich«, sagte Kaminski, zog seinen Schlafrock enger, hielt den Stock fest und schmatzte leise. Es schien ihm nichts auszumachen, daß Auto und Gepäck weg waren, auch mein Koffer samt dem neuen Rasierer, ich hatte jetzt nur noch die Aktentasche. Er begriff wohl gar nicht, was geschehen war. Vermutlich war es besser, nicht davon zu sprechen.

Eine Kleinstadt: niedrige Häuser, Schaufenster, eine Fußgängerzone mit dem üblichen Brunnen, noch mehr Schaufenster, ein großes und ein noch größeres Hotel, an denen wir vorbeifuhren. Wir hielten vor einer kleinen, schäbigen Pension. Ich sah den Fahrer fragend an und machte eine Bewegung mit Daumen und Zeigefinger. War das wirklich das billigste? Er überlegte und fuhr wieder an.

Wir hielten vor einem noch häßlicheren Hotel mit schmutziger Fassade und beschlagenen Fenstern. Ich nickte. »Großartig! Sehen Sie den Mann in Livree?«

»Zwei Männer«, sagte der Fahrer, dem es offenbar Spaß machte. »Wenn Minister kommen, wohnen sie immer hier.«

Ich bezahlte, gab ihm noch mehr Trinkgeld, er hatte es verdient, und führte Kaminski in die kleine, schmutzige Lobby. Eine bedrückende Absteige für Handelsvertreter. »Was für ein Teppich!« sagte ich bewundernd und verlangte zwei Zimmer. Ein Mann mit fettigen Haaren gab mir überrascht den Meldeblock. Auf die erste Seite schrieb ich meinen Namen, auf die zweite kritzelte ich etwas Unlesbares. »Danke, kein Träger!« sagte ich laut und führte Kaminski zum Lift; ächzend ruckte die Kabine aufwärts und brachte uns auf einen kaum beleuchteten Gang. Sein Zimmer war winzig, der Schrank stand offen, die Luft war abgestanden.

»Da hängt ein echter Chagall!« sagte ich.

»Es gibt von Marc mehr Originale als Kopien. Stellen Sie die Medikamente neben das Bett. Es riecht seltsam, sind Sie sicher, daß das ein gutes Hotel ist?«

Auf dem Nachttisch war kaum genug Platz für sie

alle, zum Glück hatte ich sie gestern in meine Aktentasche gepackt: Betablocker, Cardio-Aspirin, blutverdün-
nende Mittel, Schlaftabletten.

»Wo ist mein Koffer?« fragte er.

»Ihr Koffer ist im Auto.«

Er runzelte die Stirn. »Der Baummann«, sagte er. »Be-
merkenswert! Haben Sie sich mit Bosch beschäftigt?«

»Nicht viel.«

»Na dann gehen Sie jetzt!« Er klatschte fröhlich in die
Hände. »Gehen Sie!«

»Wenn Sie etwas brauchen …«

»Ich brauche nichts, gehen Sie schon!«

Ich ging seufzend hinaus. In meinem Zimmer, das
noch kleiner war als seines, zog ich mich aus, legte mich
nackt ins Bett, versteckte meinen Kopf unter der Decke
und dämmerte ein. Als Wegenfeld anrief, hatte ich drei
Stunden traumlos geschlafen.

Ich brauchte eine Weile, bis ich Kaminskis Zimmer
wiedergefunden hatte. An der Tür hing das *Nicht-stö-
ren*-Schild, aber sie war nicht abgeschlossen. Ich öffnete
leise.

»…hatte er diese Idee«, sagte Kaminski gerade,
»ununterbrochen sich selbst zu malen, mit dieser Mi-
schung aus Haß und Selbstliebe. Er war der einzige
Größenwahnsinnige, der einfach völlig recht hatte.«
Die Frau saß aufrecht, die Beine verschränkt, den Rük-
ken an die Wand gelehnt, auf dem Bett. Sie war stark
geschminkt, hatte rote Haare, trug eine durchscheinende Bluse, einen kurzen Rock und Netzstrümpfe.
Auf dem Boden standen säuberlich nebeneinander ihre
Stiefel. Kaminski, angezogen und im Schlafrock, lag auf

dem Rücken, die Hände auf der Brust gefaltet, den Kopf auf ihrem Schoß. »Ich fragte ihn also: Muß es wirklich der Minotaurus sein? Wir waren in seinem sehr ordentlichen Atelier, nur für die Fotos hat er es immer verwüstet, und er sah mich mit diesen schwarzen Götteraugen an.« Die Frau gähnte und strich ihm langsam über den Kopf. »Ich sagte, der Minotaurus – überschätzt du dich da nicht? Und das hat er mir nie verziehen. Hätte ich über seine Bilder gelacht, wäre es ihm egal gewesen. Kommen Sie herein, Zöllner!«

Ich schloß die Tür hinter mir.

»Merken Sie, wie sie duftet? Kein teures Parfum, auch ein bißchen zu stark. Aber was macht das! Wie heißen Sie?«

Sie warf mir einen kurzen Blick zu. »Jana.«

»Sebastian, seien Sie froh, daß Sie jung sind!«

Er hatte mich noch nie beim Vornamen genannt. Ich sog prüfend die Luft ein, aber da war kein Parfum. »Das geht wirklich nicht«, sagte ich. »Sie ist beim Hereinkommen aufgefallen. Der Direktor hat angerufen.«

»Sagen Sie ihm, wer ich bin!«

Ich schwieg betreten. Auf dem Tisch lag ein kleiner Notizblock, nur ein paar Blätter dick, zurückgelassen von irgendeinem Gast. Darauf war eine Zeichnung. Kaminski setzte sich schwerfällig auf. »Nur ein Scherz. Dann müssen Sie wohl gehen, Jana. Ich bin sehr dankbar.«

»Schon gut«, sagte sie und begann ihre Stiefel anzuziehen. Aufmerksam sah ich das Leder über ihr Knie streichen, für einen Augenblick entblößten sich ihre Schlüsselbeine, das rote Haar fiel ihr weich in den Nakken. Ich griff schnell nach dem Block, riß das oberste Blatt ab und steckte es ein. Ich öffnete die Tür, Jana folgte mir schweigend hinaus.

»Keine Sorge«, sagte sie, »er hat schon bezahlt.«

»Wirklich?« Und vorhin hatte er behauptet, er hätte kein Geld dabei! Doch so eine Gelegenheit durfte ich nicht vorbeigehen lassen. »Kommen Sie mit!« Ich führte sie in mein Zimmer, schloß die Tür hinter ihr und gab ihr einen Geldschein. »Ich will etwas wissen.«

Sie lehnte sich an die Wand und sah mich an. Sie mußte neunzehn oder zwanzig sein, nicht älter. Sie verschränkte die Arme, hob einen Fuß und drückte die Schuhsohle gegen die Tapete; das würde einen häßlichen Abdruck geben. Sie warf einen Blick auf mein zerwühltes Bett und lächelte. Verärgert spürte ich, daß ich rot wurde.

»Jana…« Ich räusperte mich. »Ich darf doch Jana sagen?« Ich mußte aufpassen, daß ich sie nicht verunsicherte.

Sie zuckte die Achseln.

»Jana, was wollte er?«

»Wie?«

»Was gefällt ihm?«

Sie runzelte die Stirn.

»Was sollten Sie tun?«

Sie trat einen Schritt zur Seite, weg von mir. »Das haben Sie doch gesehen.«

»Und vorher? Das war doch nicht alles.«

»Natürlich war das alles!« Sie sah mich entgeistert an. »Sie sehen doch, wie alt er ist. Was haben Sie für ein Problem?«

Das Parfum mußte er sich eingebildet haben. Ich zog

den einzigen Stuhl heran, setzte mich, fühlte mich unsicher, stand wieder auf. »Er hat nur geredet? Und Sie haben ihm den Kopf gestreichelt?«

Sie nickte.

»Finden Sie das nicht seltsam?«

»Eigentlich nicht. Sie?«

»Woher hatte er Ihre Telefonnummer?«

»Ich glaube, von der Auskunft. Er ist ziemlich schlau.« Sie strich ihre Haare zurück. »Wer ist er eigentlich? Er muß früher ziemlich...!« Sie lächelte. »Sie wissen schon. Er ist nicht mit Ihnen verwandt, oder?«

»Wieso?« Mir fiel ein, daß Karl Ludwig das gleiche gesagt hatte. »Ich meine, wieso nicht, wieso glauben Sie das?«

»Ach, das merkt man doch! Kann ich jetzt gehen...« Sie sah mir in die Augen. »...oder wollen Sie noch etwas?«

Mir wurde heiß. »Warum glauben Sie, daß wir nicht verwandt sind?«

Sie blickte mich ein paar Sekunden lang an, dann ging sie auf mich zu, unwillkürlich wich ich zurück. Sie streckte die Arme aus, fuhr mit beiden Händen über meinen Kopf, faßte mich am Nacken und zog mich an sich, ich widersetzte mich, ich sah ihre Augen aus der Nähe und wußte nicht, wohin ich schauen sollte, ihr Haar fiel in mein Gesicht, ich versuchte mich zu lösen, sie lachte und trat zurück, plötzlich war ich wie gelähmt.

»Sie haben mich bezahlt«, sagte sie. »Was nun?«

Ich antwortete nicht.

»Sehen Sie?« sagte sie und zog die Augenbrauen

hoch. »Machen Sie sich nichts daraus!« Sie lachte und ging hinaus.

Ich rieb mir die Stirn, nach einer Weile ging mein Atem wieder normal. Also schön, ich hatte wieder einmal Geld aus dem Fenster geworfen, so konnte das nicht weitergehen! Ich mußte so bald wie möglich mit Megelbach über die Spesen sprechen.

Ich holte die Seite hervor, die ich aus dem Block gerissen hatte. Ein Netz gerader – nein, ganz leicht gekrümmter Linien, die sich von den beiden unteren Ecken aus über das Blatt zogen und in einem feinen System von Zwischenräumen die Umrisse einer menschlichen Gestalt erzeugten. Oder nicht? Nun konnte ich sie nicht mehr finden. Doch, da war sie wieder! Und jetzt wieder weg. Die Striche waren sicher gezogen, jeder mit einem Ansetzen, ohne Unterbrechung. Konnte ein Blinder das tun? Oder war es doch jemand anderer gewesen, ein Vorgänger in seinem Zimmer, und das Ganze ein Zufall? Ich mußte es Komenew zeigen, allein konnte ich das nicht klären. Ich faltete das Blatt, steckte es ein und fragte mich, warum ich sie hatte gehen lassen. Ich rief Megelbach an.

Das freue ihn aber, sagte er, wie ich denn vorankäme? Großartig, sagte ich, besser als erwartet, der Alte habe mir schon Dinge gesagt, auf die ich nie gehofft hätte, ich könne eine Sensation versprechen, aber mehr verriete ich nicht. Nur gebe es da unerwartete Ausgaben, und… Ein Zischen unterbrach mich. Ausgaben, wiederholte ich, die… Die Verbindung sei nicht gut, sagte Megelbach, ob ich später anrufen könne? Es sei aber wichtig, sagte ich, ich bräuchte dringend… Gar kein guter Mo-

ment, sagte Megelbach, er sei mitten in einer Bespre-
chung und wisse nicht, wieso die Sekretärin mich überhaupt durchgestellt habe. Es ginge nur um eine Kleinigkeit, sagte ich, und zwar... Viel Glück, rief er, ganz viel
Glück, er sei sicher, wir seien an etwas Großem dran.
Dann legte er auf. Ich rief wieder an, diesmal meldete
sich die Sekretärin. Sie bedauere, Herr Megelbach sei
nicht im Büro. Aber nein, sagte ich, ich hätte doch
gerade eben mit ihm... Ob ich, fragte sie schneidend,
eine Nachricht hinterlassen wolle? Ich sagte, ich würde
es später wieder versuchen.

Ich ging zu Kaminski. Eben klopfte ein schwitzender
Kellner mit einem Tablett an seine Tür.

»Was soll das?« sagte ich. »Das hat niemand bestellt!«

Der Kellner leckte sich die Lippen und sah mich böse
an. Auf seiner Stirn standen Schweißperlen. »Doch,
Zimmer dreihundertvier. Hat eben angerufen. Tages-
menü, doppelte Portion. Eigentlich haben wir keinen
Zimmerservice, aber er hat gesagt, er zahlt extra.«

»Endlich!« rief Kaminski von drinnen. »Bringen Sie
es herein, Sie müssen mir noch das Fleisch schneiden!
Jetzt nicht, Zöllner!«

Ich wandte mich ab und ging zurück in mein Zimmer.

Als ich eintrat, läutete das Telefon. Vermutlich Megelbach, der sich entschuldigen wollte. Ich nahm den Hörer, aber da war nur das Freizeichen, ich war am falschen
Apparat, es war das Mobiltelefon.

»Wo sind Sie?« rief Miriam. »Ist er bei Ihnen?«

Ich drückte die Auflegetaste.

Das Telefon läutete wieder. Ich hob es auf, legte es
weg, dachte nach. Ich holte tief Luft und nahm es.

»Hallo!« sagte ich. »Wie geht es? Woher haben Sie diese Nummer? Ich verspreche Ihnen ...«

Dann kam ich nicht mehr zu Wort. Ich ging langsam auf und ab, ging zum Fenster, lehnte meine Stirn gegen das Glas. Ich senkte das Telefon und atmete aus: Feiner Nebel legte sich auf die Scheibe. Ich hob das Gerät wieder ans Ohr.

»Machen Sie sich nicht lächerlich«, sagte ich. »Entführung? Es geht ihm großartig, wir machen einfach eine Reise zusammen. Sie können mitkommen, wenn Sie wollen.«

Unwillkürlich riß ich das Telefon weg, mein Ohr schmerzte. Ich wischte mit dem Ärmel über das beschlagene Fenster. Obwohl ich das Gerät einen halben Meter von meinem Kopf hielt, verstand ich jedes Wort.

»Kann ich auch etwas sagen?«

Ich setzte mich auf das Bett. Mit der freien Hand schaltete ich den Fernseher ein: Ein Reiter galoppierte durch eine Wüstenkulisse, ich schaltete um, eine Hausfrau betrachtete verliebt ein Handtuch, ich schaltete um, die Kulturredakteurin Verena Mangold sprach ernst ins Mikrofon, ich schaltete ab.

»Kann ich auch etwas sagen?«

Und diesmal gelang es. Sie verstummte so plötzlich, daß ich nicht darauf gefaßt war. Ein paar Sekunden horchten wir beide überrascht in die Stille.

»Erstens, auf das Wort Entführung antworte ich nicht, auf dieses Niveau begebe ich mich nicht. Ihr Vater hat mich gebeten, ihn zu begleiten. Ich mußte dafür meine Termine ändern, aber aus Verehrung und ... Freundschaft habe ich das getan. Unser Gespräch darüber habe ich auf Tonband. Also vergessen Sie die Polizei, Sie würden sich lächerlich machen. Wir sind in einem erstklassigen Hotel, Ihr Vater hat sich in sein Zimmer zurückgezogen und möchte nicht gestört werden, morgen abend bringe ich ihn zurück. Zweitens, ich habe gar nichts durchstöbert! Weder Ihren Keller noch irgendeinen Schreibtisch. Das ist eine ungeheuerliche Unterstellung!« Jetzt merkte sie wohl, daß sie sich mit dem Falschen angelegt hatte. »Und viertens...« Ich stockte. »...drittens, über unser Ziel gebe ich keine Auskunft. Das soll er Ihnen selbst erklären. Ich fühle mich ihm... zu sehr verpflichtet.« Ich stand auf, der Klang meiner Stimme gefiel mir. »Er blüht förmlich auf. Die Freiheit tut ihm gut! Wenn ich Ihnen erzählen würde, was er eben... Es war höchste Zeit, daß ihn jemand aus diesem Gefängnis geholt hat.«

Was? Ich lauschte verblüfft. Hatte ich mich verhört? Ich beugte mich vor und hielt mir das andere Ohr zu. Nein, hatte ich nicht.

»Finden Sie das lustig?«

Vor Wut stieß ich mit dem Knie gegen den Nachttisch. »Ja, das habe ich gesagt. Aus diesem Gefängnis.« Ich trat ans Fenster. Die Sonne stand niedrig über Dächern, Türmen, Antennen. »Gefängnis! Wenn Sie nicht sofort mit dem Lachen aufhören, lege ich auf. Hören Sie? Wenn Sie nicht sofort...«

Ich drückte die Auflegtaste.

Ich warf das Telefon weg und ging auf und ab, vor Ärger konnte ich kaum atmen. Ich rieb mir das Knie. Es war nicht klug gewesen, das Gespräch einfach abzubrechen. Ich schlug auf den Tisch, beugte mich vor und fühlte, wie die Wut langsam nachließ. Ich wartete. Doch zu meiner Überraschung rief sie nicht mehr an.

Eigentlich war es ja gutgegangen. Sie nahm mich nicht ernst, also würde sie keine Maßnahmen ergreifen. Was auch immer sie so komisch gefunden hatte, ich hatte offenbar das Richtige gesagt. Wieder einmal das Richtige. Ich hatte einfach diese Begabung.

Ich sah in den Spiegel. Vielleicht hatte er ja recht gehabt. Natürlich keine Glatze, aber ein kaum merkliches Zurückweichen des Haaransatzes, das mein Gesicht runder, älter und ein wenig blasser machte. Ich war nicht mehr so jung. Ich stand auf. Auch mein Jackett saß nicht gut. Ich hob eine Hand und senkte sie wieder, mein Spiegelbild tat zögernd das gleiche. Oder lag es nicht am Jackett? Da war etwas Schiefes in meiner Haltung, das mir noch nie aufgefallen war. *Machen Sie sich nichts daraus!* Woraus, in aller Welt? *Vielleicht hast du noch eine Chance.* Worüber hatte Miriam gelacht?

Nein, ich hatte zu lange am Steuer gesessen, ich war einfach übermüdet. Was meinten sie alle? Ich schüttelte den Kopf, sah nach meinem Spiegelbild, sah schnell wieder weg. Was in aller Welt meinten sie denn?

IX

»Die Perspektive ist eine Technik der Abstraktion, eine Konvention des Quattrocento, an die wir uns gewöhnt haben. Das Licht muß durch sehr viele Linsen, bevor wir ein Bild für realistisch halten. Die Wirklichkeit hat noch nie wie ein Foto ausgesehen.«

»Nein?« sagte ich und unterdrückte ein Gähnen. Wir saßen im Speisewagen eines Schnellzuges. Kaminski trug seine Brille, sein Stock lehnte neben ihm, der Schlafrock war zusammengerollt in einer Plastiktasche in der Gepäckablage. Das Diktaphon lag eingeschaltet auf dem Tisch. Er hatte eine Suppe, zwei Hauptgerichte und ein Dessert gegessen und war jetzt beim Kaffee; ich hatte ihm das Fleisch vorgeschnitten und vergeblich versucht, ihn an seine Diät zu erinnern. Er war aufgeräumt und heiter, seit zwei Stunden sprach er ununterbrochen.

»Die Wirklichkeit ändert sich bei jedem Blick, in jeder Sekunde. Die Perspektive ist eine Sammlung von Regeln, um dieses Chaos irgendwie in die Fläche zu sperren. Nicht weniger, nicht mehr.«

»Ja?« Ich hatte Hunger, im Gegensatz zu ihm hatte ich nur einen ungenießbaren Salat gehabt. Trockene Blätter in einer fettigen Sauce, und auf meine Beschwerde hin hatte der Kellner nur geseufzt. Das Diktaphon klickte, wieder war eine Kassette zu Ende, ich legte eine neue ein. Er hatte es wirklich geschafft, die ganze Zeit nichts zu sagen, das ich verwenden konnte.

»Die Wahrheit liegt, wenn überhaupt, in der Atmosphäre. In der Farbe also, nicht in der Zeichnung, und schon gar nicht in den richtigen Fluchtlinien. Das haben Ihre Professoren Ihnen wohl nicht gesagt?«

»Nein, nein.« Ich hatte nicht die geringste Ahnung. Meine Erinnerungen an das Studium waren verschwommen: fruchtlose Diskussionen in Seminarräumen, blasse Kollegen, die sich vor ihren Referaten fürchteten, der Geruch abgestandenen Essens in der Mensa, und ständig bat einen jemand, einen Aufruf zu unterzeichnen. Einmal hatte ich eine Arbeit über Degas abgeben müssen. Degas? Mir war nichts eingefallen, also hatte ich alles aus dem Lexikon abgeschrieben. Nach zwei Semestern hatte ich auf Vermittlung meines Onkels die Anstellung bei der Werbeagentur bekommen, kurz darauf war der Kunstkritikerposten bei der Lokalzeitung frei geworden, und meine Bewerbung hatte Erfolg gehabt. Ich hatte es von Anfang an richtig gemacht: Manche Anfänger versuchten, sich über wütende Verrisse zu profilieren, aber so funktionierte es nicht. Man mußte vielmehr stets und in allen Dingen gleicher Meinung sein wie die Kollegen und unterdessen die Vernissagen nützen, um Kontakte zu knüpfen. Schon bald hatte ich für mehrere Magazine schreiben und meinen Posten aufgeben können.

»Niemand zeichnete besser als Michelangelo, niemand konnte zeichnen wie er. Aber Farben haben ihm nicht viel bedeutet. Sehen Sie sich die Sixtina an: Ihm war gar nicht klar, daß sie... selbst etwas von der Welt erzählen. Nehmen Sie das auf?«

»Jedes Wort.«

»Sie wissen, daß ich mich in den Altmeistertechniken versucht habe. Eine Zeitlang habe ich sogar die Farben selbst hergestellt. Ich habe gelernt, Pigmente am Geruch zu unterscheiden. Wenn man das übt, kann man sogar mischen, ohne sich zu irren. So konnte ich besser sehen als mein Assistent mit seinen scharfen Augen.«

Zwei Männer setzten sich an den Nebentisch. »Es geht um die vier P«, sagte der eine. »Preis, Promotion, Position, Produkt.«

»Schauen Sie aus dem Fenster!« sagte Kaminski. Er lehnte sich zurück und rieb sich die Stirn; wieder fiel mir auf, wie groß seine Hände waren. Die Haut war rissig, um die Knöchel sah man vernarbte Schwielen: die Hände eines Handwerkers. »Ich nehme an, da sind Hügel, Wiesen, manchmal Dörfer. Stimmt das?«

Ich lächelte. »So ungefähr.«

»Scheint die Sonne?«

»Ja.« Es regnete in Strömen. Und seit einer halben Stunde hatte ich nur überfüllte Straßen gesehen, Lagerhallen, Fabrikschlote. Keine Hügel oder Wiesen, Dörfer schon gar nicht.

»Ich habe mich einmal gefragt, ob man eine Zugfahrt wie diese malen kann. Und zwar die ganze Fahrt, nicht bloß eine Momentaufnahme.«

»Unsere Fokusgruppen«, rief der Mann am Nebentisch, »bestätigen, daß die Textur feiner geworden ist. Es schmeckt auch besser!« Besorgt schob ich das Diktaphon näher zu Kaminski. Wenn der Kerl da drüben nicht leiser sprach, würde ich nur ihn auf dem Band haben.

»Ich habe oft darüber nachgedacht«, sagte Kaminski, »als ich aufhören mußte. Wie verfährt ein Gemälde mit der Zeit? Ich dachte damals an die Fahrt zwischen Paris und Lyon. Man müßte sie so darstellen, wie man sie in der Erinnerung sieht – zusammengedrängt ins Typische.«

»Wir haben noch nicht über Ihre Ehe gesprochen, Manuel.«

Er runzelte die Stirn.

»Wir haben…« versuchte ich es noch einmal.

»Bitte sprechen Sie mich nicht beim Vornamen an. Ich bin älter als Sie und andere Formen gewöhnt.«

»Die Millionenfrage«, rief der Mann am Nebentisch, »wäre, ob die europäischen Märkte anders als die asiatischen reagieren!«

Ich drehte mich um. Er war Anfang dreißig, und sein Jackett saß schief. Er war blaß und hatte seine wenigen Haare schräg über den Kopf gelegt. Genau die Art von Leuten konnte ich nicht ausstehen.

»Die Millionenfrage!« wiederholte er und begegnete meinem Blick. »Was?«

»Sprechen Sie leiser«, sagte ich.

»Ich spreche leise!« sagte er.

»Dann noch leiser!« sagte ich und drehte mich um.

»Es müßte eine große Leinwand sein«, sagte Kaminski. »Und obwohl scheinbar nichts deutlich ist, müßte jeder, der die Fahrt schon gemacht hat, sie wiedererkennen. Ich dachte damals, ich könnte das schaffen.«

»Und dann ist da die Standortsache!« rief der Mann am Nebentisch. »Ich frage, wo liegen die Prioritäten? Wissen sie nicht!«

Ich drehte mich um und sah ihn an.

»Sehen Sie mich an?« fragte er.

»Nein!« sagte ich.

»Frechheit«, sagte er.

»Witzfigur«, sagte ich.

»Muß ich mir nicht bieten lassen«, sagte er und stand auf.

»Vielleicht schon.« Ich stand auch auf. Ich merkte, daß er viel größer war als ich. Die Gespräche im Waggon verstummten.

»Setzen Sie sich«, sagte Kaminski mit einer merkwürdigen Stimme.

Der Mann, plötzlich unschlüssig, trat vor und wieder zurück. Er sah den anderen an seinem Tisch, dann Kaminski an. Er rieb sich die Stirn. Dann setzte er sich.

»Sehr gut«, sagte ich, »das war ...«

»Sie auch!«

Ich setzte mich sofort. Ich starrte ihn an, mein Herz klopfte.

Er lehnte sich zurück, seine Finger strichen über die leere Kaffeetasse. »Es ist gleich eins, und ich muß mich hinlegen.«

»Ich weiß.« Ich schloß einen Moment lang die Augen. Was hatte mich so erschreckt? »Wir kommen gleich in die Wohnung.«

»Ich will ein Hotel.«

Dann bezahlen Sie eines, wollte ich sagen, aber ich unterdrückte es. Heute morgen hatte ich wieder die Hotelrechnung mitsamt seinem Zimmerservice übernehmen müssen. Während ich Herrn Wegenfeld meine Kreditkarte gegeben hatte, waren mir wieder Kaminskis Kontoauszüge eingefallen. Dieser kleine, geizige Greis, der auf meine Kosten reiste, schlief und aß, hatte trotz allem mehr Geld, als ich je verdienen würde.

»Wir sind privat untergebracht, bei einer… Bei mir. Eine große Wohnung, sehr komfortabel. Wird Ihnen gefallen.«

»Ich will ins Hotel.«

»Es wird Ihnen gefallen!« Elke würde erst morgen nachmittag wiederkommen, dann wären wir schon abgereist, wahrscheinlich würde sie es nicht einmal bemerken. Befriedigt stellte ich fest, daß der Affe am Nebentisch nun leise sprach. Ich hatte ihn doch eingeschüchtert.

»Geben Sie mir eine Zigarette!« sagte Kaminski.

»Sie sollen nicht rauchen.«

»Was immer die Sache beschleunigt, ist mir recht. Ihnen doch auch, oder? Beim Malen, wollte ich sagen, geht es genauso ums Problemlösen wie in der Wissenschaft.« Ich gab ihm eine Zigarette, er zündete sie zittrig an. Was hatte er da gesagt – mir auch? Hatte er etwas erraten?

»Zum Beispiel wollte ich eine Serie von Selbstporträts machen, aber nicht mit meinem Spiegelbild oder Fotos als Vorlage, sondern nur aus der Vorstellung, die ich von mir hatte. Niemand hat ja eine Ahnung, wie er selbst aussieht, wir haben völlig falsche Bilder von uns. Normalerweise bemüht man sich, das mit allerlei Hilfsmitteln auszugleichen. Wenn man aber das Gegenteil tut, wenn man eben dieses falsche Bild malt, und zwar so genau wie möglich, mit allen Details, allen charakteristischen Zügen…!« Er schlug auf den Tisch. »Ein Porträt und doch nicht! Können Sie sich das vorstellen? Aber es wurde nichts daraus.«

»Sie haben es versucht.«

»Woher wissen Sie das?«

»Ich… nehme es an.«

»Ja, ich habe es versucht. Dann haben meine Augen… Oder vielleicht waren es nicht meine Augen, es ging einfach nicht gut. Man muß wissen, wenn man geschlagen ist. Miriam hat sie verbrannt.«

»Bitte?«

»Ich habe sie darum gebeten.« Er legte den Kopf in den Nacken und blies den Rauch senkrecht in die Luft. »Seit damals war ich nicht mehr im Atelier.«

»Das glaube ich!«

»Darüber darf man nicht traurig sein. Denn darum geht doch alles: das Einschätzen des eigenen Talents. Als ich jung war und noch nichts Brauchbares gemalt hatte… Ich glaube nicht, daß Sie sich das vorstellen können. Ich sperrte mich eine Woche…«

»Fünf Tage.«

»…von mir aus, fünf Tage ein, um nachzudenken. Ich wußte, daß ich noch nichts zustande gebracht hatte. In diesen Dingen kann einem niemand helfen.« Er tastete nach dem Aschenbecher. »Ich brauchte nicht bloß eine gute Idee. Die gibt es überall. Ich mußte finden, was für eine Art Maler ich werden konnte. Einen Weg aus der Mittelmäßigkeit.«

»Aus der Mittelmäßigkeit«, wiederholte ich.

»Kennen Sie die Geschichte von Bodhidharmas Schüler?«

»Von wem?«

»Bodhidharma war ein indischer Weiser in China. Einer wollte sein Schüler werden und wurde abgelehnt. Daher folgte er ihm. Stumm und unterwürfig, jahrelang.

Vergeblich. Eines Tages wurde seine Verzweiflung zu groß, er stellte sich Bodhidharma in den Weg und rief: ›Meister, ich habe nichts!‹ Bodhidharma antwortete: ›Wirf es weg!‹« Kaminski drückte seine Zigarette aus. »Und da fand er Erleuchtung.«

»Verstehe ich nicht. Wenn er nichts mehr hatte, warum…«

»In dieser Woche bekam ich die ersten grauen Haare. Als ich wieder hinausging, hatte ich die ersten Skizzen für die *Reflexionen*. Es dauerte dann noch lange bis zum ersten guten Bild, aber darauf kam es nicht mehr an.« Er schwieg einen Moment. »Ich bin keiner von den großen. Weder Velazquez noch Goya, noch Rembrandt. Aber manchmal war ich ziemlich gut. So wenig ist das nicht. Und das war ich wegen dieser fünf Tage.«

»Das werde ich zitieren.«

»Sie sollen es nicht zitieren, Zöllner, Sie sollen es sich merken!« Wieder hatte ich das Gefühl, daß er mich ansah. »Alles Wichtige erreicht man in Sprüngen.«

Ich machte dem Kellner ein Zeichen und verlangte die Rechnung. Sprünge oder nicht, diesmal würde ich nicht für ihn bezahlen.

»Entschuldigen Sie mich«, sagte er, nahm seinen Stock und stand auf. »Nein, ich schaffe das.« Er ging in kleinen Schritten an mir vorbei, stieß an einen Tisch, entschuldigte sich, rempelte den Kellner an, entschuldigte sich wieder und verschwand in der Toilette. Der Kellner legte die Rechnung vor mich hin.

»Einen Moment noch!« sagte ich.

Wir warteten. Die Häuser wuchsen, ihre Glasfenster spiegelten das Grau des Himmels, auf den Straßen stauten sich Autos, der Regen wurde stärker. Er habe, sagte der Kellner, nicht ewig Zeit.

»Einen Moment!«

Vom nahen Flughafen stieg eine Maschine auf und wurde von den Wolken verschluckt. Die beiden Männer am Nebentisch warfen mir wütende Blicke zu und gingen. Draußen sah ich die Hauptstraße, die Leuchtschrift eines Kaufhauses, einen träge spuckenden Brunnen.

»Also?« fragte der Kellner.

Ich gab ihm wortlos die Kreditkarte. Ein Flugzeug sank blinkend herab, die Gleisstränge wurden mehr, der Kellner kam zurück und sagte, meine Karte sei gesperrt. Nicht möglich, sagte ich, er solle es noch einmal versuchen. Er sagte, er sei kein Idiot. Ich sagte, davon sei ich nicht überzeugt. Er starrte auf mich herab, rieb sein Kinn und antwortete nicht. Doch der Zug bremste schon, und ich hatte keine Zeit zum Diskutieren. Ich warf ihm einen Geldschein hin und ließ mir das Wechselgeld vollständig herausgeben. Als ich aufstand, kam Kaminski aus der Toilette.

Ich packte die beiden Taschen, meine und die mit seinem Schlafrock, nahm ihn am Ellenbogen und führte ihn zur Ausstiegstür. Ich riß sie auf, unterdrückte den Impuls, ihn hinauszustoßen, sprang auf den Bahnsteig und half ihm sachte beim Aussteigen.

»Ich will mich hinlegen.«

»Sofort. Wir nehmen die U-Bahn und...«

»Nein.«

»Warum?«

»Ich bin nie mit so etwas gefahren und werde jetzt nicht damit anfangen.«

»Es ist nicht weit. Ein Taxi ist teuer.«

»So teuer nicht.« Er zog mich den überfüllten Bahnsteig entlang und wich erstaunlich geschickt den Leuten aus; er trat auf die Straße, als wäre das etwas Selbstverständliches, und hob die Hand. Ein Taxi hielt, der Fahrer stieg aus und half ihm in den Wagenschlag. Ich setzte mich auf den Vordersitz, mein Hals war trocken vor Ärger, und nannte die Adresse.

»Wieso der Regen?« sagte Kaminski nachdenklich. »Hier regnet es immer. Ich glaube, das ist das häßlichste Land der Welt.«

Ich warf dem Fahrer einen besorgten Blick zu. Er war schnurrbärtig und fett und sah ziemlich kräftig aus.

»Außer Belgien«, sagte Kaminski.

»Waren Sie in Belgien?«

»Gott bewahre. Würden Sie bezahlen? Ich habe kein Kleingeld.«

»Ich dachte, Sie haben überhaupt kein Geld.«

»Eben. Kein Geld.«

»Ich habe für alles andere bezahlt!«

»Sehr großzügig von Ihnen. Ich muß mich hinlegen.«

Wir hielten, der Fahrer sah mich an, und weil es mir peinlich war, bezahlte ich. Ich stieg aus, der Regen schlug mir ins Gesicht. Kaminski rutschte aus, ich hielt ihn fest, sein Stock fiel klappernd zu Boden; als ich ihn aufhob, war er triefend naß. Der Marmor der Eingangshalle warf das Geräusch unserer Schritte zurück, der Aufzug trug uns lautlos empor. Für einen Moment befürchtete ich, Elke könnte das Schloß ausgetauscht haben. Aber mein Schlüssel paßte noch.

Ich öffnete und lauschte: Nichts zu hören. Unter dem

Briefschlitz lag die Post der letzten zwei Tage. Ich hustete laut, horchte. Nichts. Wir waren allein.

»Ich weiß nicht, ob ich richtig verstehe«, sagte Kaminski. »Aber ich habe das Gefühl, statt in meine Vergangenheit sind wir in Ihre geraten.«

Ich führte ihn ins Gästezimmer. Das Bett war frisch bezogen. »Man muß lüften«, sagte er. Ich öffnete das Fenster. »Medikamente.« Ich reihte sie auf dem Nachttisch auf. »Schlafanzug.«

»Der ist im Koffer, und der Koffer ist im Auto.«

»Und das Auto?«

Ich antwortete nicht.

»Ach so«, sagte er, »so. Lassen Sie mich allein.«

Im Wohnzimmer standen, vollgepackt, meine beiden Koffer. Sie hatte es also wirklich getan! Ich ging in den Flur und hob die Briefe auf: Rechnungen, Werbung, zwei an Elke adressierte Kuverts, das eine von einer ihrer langweiligen Freundinnen, das andere von einem gewissen Walter Munzinger. Walter? Ich riß es auf und las, aber es war nur ein Kunde ihrer Agentur, das Schreiben sehr distanziert und förmlich, es mußte ein anderer Walter sein.

Es waren auch Briefe an mich dabei. Wieder Rechnungen, Werbung, *Trink doch Bier!*, drei Honorarbelege für abgedruckte Artikel, zwei Einladungen: eine Buchpräsentation nächste Woche und eine Vernissage heute abend, die neuen Collagen von Alonzo Quilling. Es würden wichtige Leute dasein. Unter normalen Umständen wäre ich unbedingt hingegangen. Ein Jammer, daß niemand wußte, daß Kaminski bei mir war.

Ich starrte die Einladung an und ging im Zimmer auf

und ab. Der Regen prasselte an die Scheibe. Warum eigentlich nicht? Das konnte meine Position völlig ändern.

Ich öffnete den größeren Koffer und begann, meine Hemden durchzusehen. Ich würde mein bestes Jackett brauchen. Und andere Schuhe. Und natürlich Elkes Autoschlüssel.

X

»Sebastian. Hallo. Nur herein.«

Hochgart schlug mir auf die Schulter, ich gab ihm einen Klaps auf den Oberarm, er sah mich an, als wären wir Freunde, ich lächelte, als ob ich es glaubte. Er war der Galerist hier, schrieb auch manchmal Kritiken, zuweilen über Ausstellungen seines eigenen Hauses, das störte niemanden. Er trug eine Lederjacke und hatte lange, strähnige Haare.

»Quilling darf man nicht versäumen«, sagte ich. »Darf ich vorstellen?« Ich zögerte einen Augenblick. »Manuel Kaminski.«

»Freut mich«, sagte Hochgart und streckte die Hand aus; Kaminski, der klein, auf seinen Stock gestützt, in seinem Wollpullover und seinen inzwischen ziemlich faltigen Cordhosen, neben mir stand, reagierte nicht. Hochgart stockte, dann schlug er ihm auf die Schulter, Kaminski zuckte zusammen, Hochgart grinste mich an und verschwand in der Menge.

»Was war denn das?« Kaminski rieb sich die Schulter.

»Beachten Sie ihn nicht.« Verunsichert sah ich Hochgart nach. »Er ist nicht wichtig. Aber es gibt interessante Bilder.«

»Was interessieren mich interessante Bilder? Sie haben mich doch nicht wirklich in eine Ausstellung geschleppt? Ich habe erst vor einer Stunde eine Schlaftablette genommen, ich weiß kaum, ob ich noch am Leben bin, und Sie führen mich hierher?«

»Sie wird heute eröffnet«, sagte ich nervös und zündete mir eine Zigarette an.

»Meine letzte Eröffnung war vor fünfunddreißig Jahren im Guggenheim. Sind Sie verrückt geworden?«

»Nur ein paar Minuten.« Ich schob ihn weiter, die Leute sahen seinen Stock und seine Brille und machten Platz.

»Quilling muß es geschafft haben!« rief Eugen Manz, der Chefredakteur des *ArT*-Magazins. »Jetzt kommen schon die Blinden zu ihm.« Er überlegte einen Moment, dann sagte er: »Lasset die Blinden zu mir kommen!« Vor Lachen mußte er sein Glas abstellen.

»Hallo Eugen«, sagte ich vorsichtig. Manz war wichtig; ich hoffte sehr auf eine feste Anstellung bei seinem Magazin.

»Lasset die Blinden zu mir kommen!« sagte er noch einmal. Eine schlanke Frau mit spitzen Wangenknochen strich ihm über den Kopf. Er wischte sich die Tränen weg und sah mich mit verschwommenem Ausdruck an.

»Sebastian Zöllner«, sagte ich. »Erinnerst du dich?«

»Sicher«, sagte er. »Weiß ich.«

»Und das ist Manuel Kaminski.«

Er richtete seinen wächsernen Blick auf Kaminski, auf mich, wieder auf Kaminski. »Nein, im Ernst?«

Mir wurde warm. »Natürlich.«

»Ach«, sagte er und trat einen Schritt zurück. Eine Frau hinter ihm stieß einen Schmerzenslaut aus.

»Bitte, was ist denn los?« sagte Kaminski.

Eugen Manz trat auf Kaminski zu, beugte sich vor und streckte ihm die Hand hin. »Eugen Manz.« Kaminski reagierte nicht. »*ArT.*«

»Was?« sagte Kaminski.

»Eugen Manz von *ArT*«, sagte Eugen Manz.

»Was ist los?« sagte Kaminski.

Manz warf mir einen unschlüssigen Blick zu, seine Hand war immer noch ausgestreckt. Ich hob und senkte die Arme und wandte meinen Blick vielsagend zur Decke.

»Ich bin nämlich blind«, sagte Kaminski.

»Natürlich!« sagte Manz. »Ich meine, ich weiß das. Ich weiß alles über Sie. Ich bin Eugen Manz von *ArT*.«

»Ja«, sagte Kaminski.

Manz entschloß sich, die Hand zurückzuziehen. »Was führt Sie hierher?«

»Möchte ich auch wissen.«

Manz lachte auf, wischte sich noch einmal die Tränen weg und rief: »Also das gibt es doch gar nicht!« Zwei Leute mit Gläsern blieben stehen: die Fernsehredakteurin Verena Mangold und Alonzo Quilling selbst. Als ich Quilling zuletzt gesehen hatte, hatte er einen Bart getragen; jetzt war er glattrasiert und hatte einen Zopf und eine Brille.

»Schaut mal!« sagte Manz. »Manuel Kaminski!«

»Was ist mit dem?« fragte Quilling.

»Er ist hier«, sagte Manz.

»Wer?« fragte Verena Mangold.

»Glaube ich nicht«, sagte Quilling.

»Wenn ich es doch sage!« rief Manz. »Herr Kaminski, das ist Alonzo Quilling, und das…« Er sah Verena Mangold unsicher an.

»Mangold«, sagte sie schnell. »Sie sind auch Maler?«

Hochgart trat zu uns und legte seinen Arm um Quillings Schulter. Der zuckte zurück, erinnerte sich, daß es sein Galerist war, ließ es geschehen. »Gefallen euch die Bilder?«

»Um die geht es jetzt nicht«, sagte Manz. Quilling sah ihn erschrocken an. »Das ist Manuel Kaminski.«

»Weiß ich«, sagte Hochgart und blickte suchend um sich. »Hat einer von euch Jablonik gesehen?« Er schob die Hände in die Taschen und ging davon.

»Ich schreibe ein Buch über Manuel«, sagte ich. »Aus diesem Grund müssen wir natürlich …«

»Ich bin ein Bewunderer Ihres Frühwerks«, sagte Quilling.

»Wirklich«, sagte Kaminski.

»Mit den späteren Sachen habe ich Probleme.«

»Ist dieses Grasstück in der Tate Gallery von Ihnen?« fragte Manz. »Das hat mich ja umgeworfen!«

»Das ist von Freud«, sagte Kaminski.

»Freud?« fragte Verena Mangold.

»Lucian Freud.«

»Mein Fehler«, sagte Manz. »Sorry!«

»Ich will mich setzen«, sagte Kaminski.

»Es ist nämlich so«, erklärte ich bedeutungsvoll, »daß wir gemeinsam auf der Durchreise sind. Mehr darf ich nicht erzählen.«

»Guten Abend«, sagte ein grauhaariger Mann. Es war August Walrat, einer der besten Maler des Landes. Die Kenner schätzten ihn, er hatte aber nie Erfolg gehabt; irgendwie hatte es sich nicht ergeben, daß eines der wichtigen Magazine über ihn geschrieben hatte. Nun war er zu alt, und es war einfach nicht mehr möglich, er war zu lange da und die Gelegenheit vorbei. Er war besser als Quilling, das wußte jeder. Er wußte es auch, und sogar Quilling wußte es. Trotzdem hätte er nie eine Einzelausstellung in Hochgarts Galerie bekommen.

»Das ist Manuel Kaminski«, sagte Manz. Die dünne Frau legte ihm die Hand auf die Schulter und drückte sich an ihn, er lächelte sie an.

»Der lebt doch nicht mehr«, sagte Walrat. Verena Mangold sog die Luft ein, Manz ließ die Frau los, ich sah Kaminski erschrocken an.

»Wenn ich mich nicht bald setzen kann, stimmt das.«

Ich faßte Kaminski am Ellenbogen und führte ihn zu den an der Wand aufgereihten Stühlen. »Ich schreibe Manuels Lebensgeschichte!« sagte ich laut. »Deshalb sind wir hier. Er und ich. Wir.«

»Ich bitte um Entschuldigung«, sagte Walrat. »Das war nur, weil Sie ein Klassiker sind. Wie Duchamp oder Brancusi.«

»Brancusi?« fragte Verena Mangold.

»Marcel war ein Poseur«, sagte Kaminski. »Ein alberner Angeber.«

»Darf ich Sie mal interviewen?« fragte Manz.

»Ja«, sagte ich.

»Nein«, sagte Kaminski.

Ich nickte Manz zu und streckte die Hand aus: Abwarten, ich würde das arrangieren! Manz sah mich verständnislos an.

»Duchamp ist wichtig«, sagte Walrat. »Er ist jemand, an dem man nicht vorbeikommt.«

»Wichtigkeit ist nicht wichtig«, sagte Kaminski. »Malen ist wichtig.«

»Ist Duchamp auch hier?« fragte Verena Mangold.

Kaminski ließ sich stöhnend auf einen Klappstuhl nieder, ich stützte ihn, Manz beugte sich neugierig über meine Schulter. »Du weißt ja gut über ihn Bescheid!« sagte ich leise.

Er nickte. »Ich habe mal seinen Nachruf geschrieben.«

»Was?«

»Vor zehn Jahren, als Kulturredakteur bei den *Abendnachrichten*. Nachrufe auf Vorrat waren mein Hauptgeschäft. Gut, daß die Zeit vorbei ist!«

Kaminski zog den Stock an sich, sein Kopf war gesenkt, seine Kiefer mahlten; wäre es etwas leiser gewesen, hätte man sein Schmatzen gehört. Über ihm zeigte eine Collage Quillings einen Fernseher, aus dem ein dickflüssiger Blutstrom rann und die mit Spray aufgetragenen Worte *Watch it!* Daneben hingen drei seiner *Advertisement Papers*: Plakate der Seifenfirma DEMOT, die Quilling mit ausgeschnittenen Tintoretto-Figuren beklebt hatte. Eine Zeitlang waren sie sehr en vogue gewesen, aber seit DEMOT selbst sie für die Werbung verwendete, wußte niemand mehr so recht, was man von ihnen halten sollte.

Hochgart schob mich zur Seite. »Mir hat jemand verraten, daß Sie Manuel Kaminski sind.«

»Das habe ich dir schon vorhin gesagt!« rief ich.

»Habe ich nicht mitbekommen.« Hochgart ging in die Hocke, so daß sein Gesicht auf gleicher Höhe mit dem von Kaminski war. »Wir müssen Fotos machen!«

»Vielleicht kann er hier ausstellen«, schlug die schlanke Frau vor. Sie hatte bisher noch kein Wort gesagt. Wir sahen sie überrascht an.

»Nein, im Ernst«, sagte Manz und legte den Arm um ihre Hüfte. »Wir müssen die Gelegenheit nutzen. Ein Porträt vielleicht. In der nächsten Ausgabe. Sind Sie morgen noch in der Stadt?«

»Will ich nicht hoffen«, sagte Kaminski.

Professor Zabl näherte sich unsicheren Schrittes und stieß den auf dem Boden hockenden Hochgart um. »Was denn?« sagte er. »Was denn? Was?« Er hatte zuviel getrunken. Er war weißhaarig und solariumsbraun und trug wie immer eine grell bunte Krawatte.

»Ich brauche ein Taxi«, sagte Kaminski.

»Das ist doch nicht nötig«, sagte ich. »Wir gehen gleich.« Ich sah lächelnd in die Runde und erklärte: »Manuel ist müde.«

Hochgart stand auf, klopfte seine Hose ab und sagte. »Das ist Manuel Kaminski.«

»Wir machen morgen ein Interview«, sagte Manz.

»Freut mich sehr«, sagte Zabl und ging unsicher auf Kaminski zu. »Zabl, Professor für Ästhetik.« Er zwängte sich zwischen uns hindurch und setzte sich auf einen freien Stuhl.

»Gehen wir?« fragte Kaminski.

Eine Kellnerin kam mit einem Tablett vorbei, ich nahm ein Glas Wein, trank es in einem Zug leer und nahm ein zweites.

»Ich bin doch richtig orientiert«, fragte Zabl, »daß Sie Richard Riemings Sohn sind?«

»Etwas in der Art«, sagte Kaminski. »Entschuldigen Sie die Frage, welche Bilder von mir kennen Sie?«

Zabl sah uns alle, einen nach dem anderen, an. Sein Hals zitterte. »Da muß ich jetzt… im Moment… passen.« Er entblößte die Zähne zu einem Grinsen. »Ist im Grunde auch nicht mein Fach.«

»Es ist schon spät«, sagte Manz. »Sie dürfen den Herrn Professor nicht so scharf befragen.«

»Sind Sie mit Quilling befreundet?« fragte Zabl.

»Das würde ich mir nicht anmaßen«, sagte Quilling. »Aber es ist wahr, daß ich mich immer als Manuels Schüler betrachten werde.«

»Die Überraschung ist Ihnen jedenfalls gelungen«, sagte Manz.

»Nein«, sagte ich, »er ist mit mir hier!«

»Herr Kaminski«, sagte Zabl, »darf ich Sie nächste Woche in mein Seminar einladen?«

»Ich glaube nicht, daß er nächste Woche noch hier ist«, sagte Quilling. »Manuel reist viel.«

»Tatsache?« fragte Manz.

»Er kommt großartig zurecht«, sagte Quilling. »Manchmal macht uns seine Gesundheit Sorgen, aber im Moment...« Er berührte einen Moment lang den dunkel gebeizten Rahmen des *Watch it!*-Bildes. »Klopfen wir auf Holz!«

»Hat jemand ein Taxi gerufen?« fragte Kaminski.

»Wir gehen ja gleich«, sagte ich. Wieder kam die Frau mit dem Tablett, ich nahm ein neues Glas.

»Wäre Ihnen morgen zehn Uhr recht?« fragte Manz.

»Wofür?« fragte Kaminski.

»Unser Interview.«

»Nein«, sagte Kaminski.

»Ich kläre das mit ihm«, sagte ich. Zabl wollte aufstehen, mußte sich festhalten und sank auf den Stuhl zurück. Hochgart hatte plötzlich einen Fotoapparat in der Hand und drückte ab, das Blitzlicht schleuderte unsere Schatten an die Wand.

»Kann ich dich nächste Woche anrufen?« sagte ich leise zu Manz. Ich mußte handeln, solange er sich noch einigermaßen an den Abend erinnerte.

»Nächste ist nicht so gut.« Er kniff die Augen zusammen. »Übernächste.«

»Schön«, sagte ich. Auf der anderen Seite des Raumes, unter drei von Quilling mit Zeitungsausschnitten beklebten Neonröhren, sah ich Walrat und Verena Mangold stehen. Sie redete sehr schnell, er lehnte sich an die Wand und blickte traurig in sein Glas. Ich nahm Kaminskis Ellenbogen und half ihm beim Aufstehen; sofort griff Quilling von der anderen Seite zu. Wir führten ihn zur Tür.

»Es geht schon«, sagte ich. »Lassen Sie!«

»Kein Problem«, sagte Quilling, »kein Problem.«

Manz tippte mir auf die Schulter, ich ließ Kaminski für einen Moment los. »Sagen wir lieber doch Ende dieser Woche. Freitag. Ruf meine Sekretärin an.«

»Freitag«, sagte ich, »sehr gut.« Manz nickte zerstreut, die dünne Frau legte ihren Kopf auf seine Schulter. Als ich mich umdrehte, sah ich, daß Hochgart gerade Quilling und Kaminski fotografierte. Die Gespräche verstummten. Hastig faßte ich Kaminskis anderen Arm, doch zu spät: Hochgart hatte schon aufgehört. Wir gingen weiter, der Boden schien mir uneben, ein sanftes Zittern ging durch die Luft. Ich hatte zuviel getrunken.

Wir gingen die Treppe hinunter. »Vorsicht, Stufe!« sagte Quilling bei jedem Schritt. Ich sah auf Kaminskis schütteres Haar, seine rechte Hand umschloß fest den Stock. Wir traten auf die Straße. Es regnete nicht mehr, in den Pfützen zerliefen die Spiegelbilder der Laternen.

»Danke!« sagte ich. »Ich parke dort drüben.«

»Ich parke näher«, sagte Quilling. »Ich kann ihn fahren. Ich habe auch ein Gästehaus.«

»Müssen Sie nicht zurück?«

»Die kommen ohne mich aus.«

»Es ist Ihre Ausstellung.«

»Das hier ist wichtiger.«

»Wir brauchen Sie nicht mehr!«

»Es wäre einfacher so.«

Ich ließ Kaminski los, ging um die beiden herum und sagte in Quillings Ohr: »Lassen Sie ihn los, und gehen Sie wieder hinein!«

»Haben Sie mir jetzt zu befehlen?«

»Ich schreibe Kritiken, und Sie stellen aus. Wir sind gleich alt. Ich werde jedesmal da sein.«

»Ich verstehe Sie nicht.«

Ich ging zurück und faßte Kaminskis Arm.

»Aber vielleicht muß ich wirklich zurück.«

»Vielleicht«, sagte ich.

»Es ist immerhin meine Ausstellung.«

»Ist es«, sagte ich.

»Da kann man nichts machen.«

»Schade«, sagte ich.

»Es war mir eine Ehre«, sagte er, »eine große Ehre, Manuel.«

»Wer sind Sie denn?« fragte Kaminski.

»Er ist unbezahlbar!« rief Quilling. »Auf Wiedersehen, Sebastian!«

»Auf Wiedersehen, Alonzo!« Ein paar Sekunden sahen wir uns haßerfüllt an, dann drehte er sich um und lief die Treppe hinauf. Ich führte Kaminski über die Straße zu Elkes Auto. Ein geräumiger Mercedes, schnell und luxuriös, fast so schön wie der gestohlene BMW. Manchmal kam es mir vor, als ob jeder außer mir Geld verdiente.

Ich mußte mich konzentrieren, um in der Fahrspur zu bleiben, ich war ein wenig betrunken. Ich öffnete das Fenster, die kühle Luft tat gut, ich mußte bald schlafen gehen, morgen würde ich einen klaren Kopf brauchen. Der Abend war wohl ein Erfolg gewesen, sie hatten mich mit Kaminski gesehen, es war alles gutgegangen. Trotzdem war ich plötzlich traurig.

»Ich weiß, warum Sie das gemacht haben«, sagte Kaminski. »Ich habe Sie unterschätzt.«

»Wovon sprechen Sie?«

»Sie wollten mir zeigen, daß ich vergessen werde.«

Ich brauchte einen Moment, um zu begreifen, was er meinte. Er legte den Kopf zurück und atmete tief aus. »Niemand kannte ein Bild von mir.«

»Das hat nichts zu bedeuten.«

»Das hat nichts zu bedeuten?« wiederholte er. »Sie wollen über mein Leben schreiben. Hat Sie das nicht verunsichert?«

»Überhaupt nicht«, log ich. »Das Buch wird großartig, jeder ist neugierig darauf. Außerdem haben Sie es selbst vorausgesehen: Man ist unbekannt, dann berühmt, dann wieder vergessen.«

»Das soll ich gesagt haben?«

»Allerdings. Und Dominik Silva hat erzählt...«

»Kenne ich nicht.«

»Dominik!«

»Habe ich nie getroffen.«

»Sie wollen doch nicht behaupten …«

Er stieß scharf die Luft aus und nahm seine Brille ab. Seine Augen waren geschlossen. »Wenn ich sage, ich habe jemanden nie getroffen, dann meine ich genau das. Ich kenne ihn nicht. Glauben Sie mir!«

Ich antwortete nicht.

»Glauben Sie mir das?« fragte er. Es schien ihm wichtig zu sein.

»Ja«, sagte ich leise, »natürlich.« Und auf einmal glaubte ich es wirklich, ich war bereit, ihm alles zu glauben, es war mir egal. Es war mir sogar egal, wann das Buch erschien. Ich wollte nur schlafen. Und ich wollte nicht, daß er starb.

XI

Ich ging auf der Straße. Kaminski war nicht bei mir, aber er war in der Nähe, und ich mußte mich beeilen. Immer mehr Leute kamen mir entgegen, ich stolperte, fiel zu Boden, wollte aufstehen, konnte nicht: Das Gewicht meines Körpers hatte zugenommen, die Schwerkraft hielt mich fest, Beine streiften mich, ein Schuh trat, aber es tat nicht weh, auf meine Hand, mit aller Kraft hielt ich den andrängenden Boden von mir fern; dann wachte ich auf. Es war halb fünf Uhr morgens, ich erkannte die Umrisse von Schrank und Tisch, das dunkle Fenster, Elkes Bett neben mir, leer. Ich streifte die Decke zurück, stand auf, spürte den Teppich unter meinen nackten Füßen. Aus dem Schrank kam ein scharrendes Geräusch. Ich öffnete. Da saß Kaminski, zusammengekauert, das Kinn auf den Knien, die Arme um die Beine gelegt, und sah mich aus hellen Augen an. Er wollte sprechen, aber bei seinen ersten Worten löste sich das Zimmer auf; ich fühlte das Gewicht der Bettdecke auf mir. Ein bitterer Geschmack im Mund, ein Gefühl von Dumpfheit, Kopfschmerzen. Schrank, Tisch, Fenster, leeres Bett. Zehn Minuten nach fünf. Ich räusperte mich, meine Stimme klang fremd, und stand auf. Ich spürte den Teppich unter den Füßen und betrachtete fröstelnd das Karomuster meines Pyjamas im Spiegel. Ich ging zur Tür, drehte den Schlüssel, öffnete. »Und ich dachte schon, du fragst nie!« sagte Manz. »Weißt du es schon?« Hinter ihm kam Jana herein. Was sollte ich wissen? »Ach«, sagte Manz, »stell dich nicht dumm!« Jana wickelte bedächtig eine Haarsträhne um ihren Zeigefinger. »Verschwendung«, sagte Manz fröhlich, »alles Unsinn und Verschwendung, mein Lieber.« Er holte ein Taschentuch hervor, winkte mir mit einer gezierten Bewegung zu und lachte so laut, daß ich erwachte. Fenster, Schrank und Tisch, das leere Bett, die zerwühlte Decke, mein Kissen war auf den Boden gefallen, ich hatte Halsschmerzen. Ich stand auf. Als ich den Teppich unter meinen Füßen spürte, überkam mich ein solches Gefühl von Unwirklichkeit, daß ich nach dem Bettpfosten tastete, aber mit einer schnellen Bewegung entglitt er meinem Griff. Diesmal wußte ich, daß es ein Traum war. Ich ging zum Fenster und zog die Jalousie hoch: Die Sonne schien, Menschen gingen durch den Park, Autos fuhren vorbei, es war kurz nach zehn und kein Traum. Ich ging in den Flur. Es roch nach Kaffee, aus der Küche hörte ich Stimmen.

»Sind Sie das, Zöllner?« Kaminski saß im Schlafrock am Küchentisch und trug seine schwarze Brille. Vor ihm standen Orangensaft, Müsli, eine Schüssel mit Früchten, Marmelade, ein Korb mit frischem Gebäck und eine dampfende Kaffeetasse. Ihm gegenüber saß Elke.

»Du bist zurück?« fragte ich mit unsicherer Stimme.

Sie antwortete nicht. Sie trug ein elegant geschnittenes Kostüm, und sie hatte eine neue Frisur: Ihre Haare waren kürzer, die Ohren frei, im Nacken sanft gekräuselt. Sie sah gut aus.

»Kein angenehmer Traum!« sagte Kaminski. »Ein winziger Raum, keine Luft, und ich war eingesperrt, ich dachte schon, es wäre ein Sarg, aber dann merkte ich, daß Kleider über mir hingen und daß es nur ein Schrank war. Dann war ich auf einem Boot und wollte malen, aber ich hatte kein Papier. Können Sie sich vorstellen, daß ich jede Nacht vom Malen träume?«

Elke beugte sich vor und strich ihm über den Arm. Ein kindliches Lächeln ging über sein Gesicht. Sie warf mir einen kurzen Blick zu.

»Ihr habt euch schon kennengelernt!« sagte ich.

»Sie kamen auch vor, Zöllner. Aber an den Teil erinnere ich mich nicht.«

Elke goß ihm Kaffee ein, ich zog einen Stuhl heran und setzte mich. »Ich habe dich noch gar nicht zurückerwartet.« Ich berührte sie an der Schulter. »Wie war die Reise?«

Sie stand auf und ging hinaus.

»Sieht nicht gut aus«, sagte Kaminski.

»Abwarten«, sagte ich und ging ihr nach.

Ich holte sie im Flur ein, wir gingen ins Wohnzimmer.

»Du hattest kein Recht, herzukommen!«

»Ich war in einer Verlegenheit. Du warst nicht da, und ... Überhaupt, viele wären froh, wenn ich Manuel Kaminski zu ihnen bringen würde!«

»Dann hättest du ihn zu einem von ihnen bringen sollen.«

»Elke«, sagte ich und faßte sie an der Schulter. Ich trat nahe an sie heran. Sie sah fremd aus, jünger, etwas war mit ihr geschehen. Sie blickte mit schimmernden Augen auf, eine Haarsträhne fiel ihr in die Stirn und hängte sich in ihrem Mundwinkel fest. »Lassen wir das doch!« sagte ich leise. »Ich bin es. Sebastian.«

»Wenn du mich verführen willst, solltest du dich rasieren. Du solltest keinen Pyjama tragen, und vielleicht sollte nicht Rubens nebenan sitzen und darauf warten, daß du ihn zu seiner Jugendliebe bringst.«

»Woher weißt du davon?«

Sie streifte meinen Arm ab. »Von ihm.«

»Er spricht nicht darüber!«

»Vielleicht nicht mit dir. Ich hatte den Eindruck, er spricht über nichts anderes. Ich nehme nicht an, daß du das gemerkt hast, aber er ist sehr aufgeregt.« Sie sah mich aufmerksam an. »Und überhaupt, was ist das für eine Idee?«

»So hatte ich die Chance, mit ihm allein zu sein. Außerdem brauche ich die Szene für den Anfang des Buches. Oder den Schluß, das muß ich noch überlegen. Und so erfahre ich, was damals wirklich passiert ist.« Zum ersten Mal tat es mir gut, mit ihr zu reden. »Ich hätte nie gedacht, daß es so schwierig ist. Jeder sagt etwas anderes, das meiste ist vergessen, und alle widersprechen einander. Wie soll ich irgend etwas herausfinden?«

»Vielleicht sollst du nicht.«

»Nichts paßt zusammen. Er ist ganz anders, als er mir beschrieben wurde.«

»Weil er alt ist, Bastian.«

Ich rieb mir die Schläfen. »Du hast gesagt, daß ich vielleicht noch eine Chance hätte. Wie meinst du das?«

»Frag ihn.«

»Wieso ihn? Er ist völlig senil.«

»Wenn du meinst.« Sie wandte sich ab.

»Elke, soll es wirklich so enden?«

»Ja, das soll es. Und es ist nicht tragisch, es ist nicht schlimm, es ist nicht einmal wirklich traurig. Entschuldige, ich hätte es dir lieber schonend beigebracht. Aber dann hätte ich dich nie hier herausbekommen.«

»Das ist dein letztes Wort?«

»Mein letztes Wort habe ich am Telefon gesagt. Das hier ist nur noch überflüssig. Bestell ein Taxi und fahr zum Bahnhof. In einer Stunde komme ich wieder, dann möchte ich, daß die Wohnung leer ist.«

»Elke...!«

»Ich muß sonst die Polizei rufen.«

»Und Walter?«

»Und Walter«, sagte sie und ging hinaus. Ich hörte sie leise mit Kaminski sprechen, dann fiel die Wohnungstür zu. Ich rieb mir die Augen, ging zum Wohnzimmertisch, nahm eine von Elkes Zigarettenpackungen und überlegte, ob ich versuchen sollte zu weinen. Ich zündete eine Zigarette an, legte sie in den Aschenbecher und sah zu, wie sie sich in Asche auflöste. Danach war mir besser.

Ich ging zurück in die Küche. Kaminski hielt Bleistift und Schreibblock in den Händen. Er hatte den Kopf auf die Schulter gelegt und den Mund geöffnet; es sah aus, als träumte er oder hörte jemandem zu. Erst nach ein paar Sekunden bemerkte ich, daß er zeichnete. Seine Hand glitt langsam über das Papier: Zeige-, Ring- und kleiner Finger waren weggestreckt, Daumen und Mittelfinger hielten den Stift. Er zog, ohne abzusetzen, eine Spirale, die hin und wieder, an scheinbar zufälligen Stellen, kleine Wellen schlug.

»Machen wir uns auf den Weg?« fragte er.

Ich setzte mich neben ihn. Seine Finger krümmten sich, in der Mitte des Blattes entstand ein Fleck. Er machte einige schnelle Striche aus dem Handgelenk, dann legte er den Block zur Seite. Erst als ich zum zweiten Mal hinsah, wurde der Fleck zu einem Stein und die Spirale zu den Kreisen, die dieser beim Aufschlagen auf ruhigem Wasser zog, Schaum spritzte, da war sogar die angedeutete Spiegelung eines Baumes.

»Das ist gut«, sagte ich.

»Das können sogar Sie.« Er riß das Blatt ab, steckte es ein und reichte mir Block und Bleistift. Seine Hand legte sich auf meine. »Stellen Sie sich etwas vor. Etwas ganz Einfaches.«

Ich dachte an ein Haus, wie Kinder es zeichnen. Zwei Fenster, das Dach, der Schornstein und eine Tür. Unsere Hände bewegten sich. Ich sah ihn an: seine spitze Nase, seine hochgezogenen Brauen, ich hörte den Pfeifton seines Atems. Ich sah wieder auf das Papier. Da war schon das Dach, dünn schraffiert, wie von Schnee oder Efeu, dann eine Wand, ein Fensterladen stand offen, eine kleine Figur, geformt aus drei Strichen, beugte sich auf einen Arm gestützt heraus, nun die Tür, mir fiel ein, daß diese Zeichnung ein Original war, wenn ich ihn dazu bringen konnte, sie zu signieren, könnte ich sie teuer verkaufen, die Tür war schief geworden, die zweite Hauswand, davon würde ich mir ein Auto leisten können, traf das Dach nicht, der Bleistift sank an die untere Kante, etwas stimmte nicht mehr; Kaminski ließ los. »Na?«

»Es geht«, sagte ich enttäuscht.

»Fahren wir?«

»Natürlich.«

»Nehmen wir wieder den Zug?«

»Den Zug?« Ich dachte nach. Der Autoschlüssel mußte noch in meiner Hosentasche sein, der Wagen stand dort, wo ich ihn gestern geparkt hatte. Elke würde erst in einer Stunde zurückkommen. »Nein, heute nicht.«

XII

Ich entschied mich nun doch für die Autobahn. Der Mann an der Mautstelle lehnte meine Kreditkarte ab, ich fragte, welchen anständigen Beruf er schwänze, er antwortete, ich solle zahlen und verschwinden, und nahm mein letztes Bargeld. Ich beschleunigte, die Kraft des Motors drückte mich weich in den Sitz. Kaminski nahm seine Brille ab und spuckte wieder aus. Kurz darauf war er eingeschlafen.

Seine Brust hob und senkte sich gleichmäßig, sein Mund stand offen, man sah deutlich seine Bartstoppeln; beide hatten wir uns seit zwei Tagen nicht rasiert. Er begann zu schnarchen. Ich schaltete das Radio ein, ein Jazzpianist spielte immer schnellere Läufe, Kaminski schnarchte tiefer, ich drehte die Lautstärke auf. Gut, daß er jetzt schlief, heute nachmittag würde er nicht in ein Hotel kommen, wir würden sofort wieder zurückfahren. Ich würde Elke das Auto geben, würde, wenn sie wirklich darauf bestand, meine Koffer mitnehmen und Kaminski mit dem Zug nach Hause bringen. Ich hatte alles, was ich brauchte. Nur die zentrale Szene fehlte noch, die große Wiederbegegnung mit Therese in Gegenwart seines Freundes und Biographen.

Ich schaltete das Radio aus. Die Mittellinien strömten uns entgegen, ich überholte zwei Lastwagen auf der rechten Seite. Das alles, dachte ich, war seine Geschichte. Er hatte sie erlebt, nun ging sie zu Ende, und ich war kein Teil davon. Sein Schnarchen stockte einen Moment, als hätte er meine Gedanken gelesen. Sein

Leben. Und meines? Seine Geschichte. Hatte ich eine? Ein Mercedes fuhr so langsam, daß ich auf den Pannenstreifen ausweichen mußte; ich hupte, fuhr nach links und zwang ihn zum Abbremsen.

»Aber irgendwo muß ich doch hin.«

Hatte ich das laut gesagt? Ich schüttelte den Kopf. Doch es stimmte ja, irgendwohin mußte ich, und etwas mußte ich tun. Das war das Problem. Ich drückte meine Zigarette aus. Das war es immer gewesen. Die Landschaft hatte sich verändert, längst gab es keine Hügel mehr, auch die Dörfer und Wege verschwanden; mir war, als reisten wir in der Zeit zurück. Wir verließen die Autobahn, eine Weile fuhren wir durch Wald: Baumstämme und die verflochtenen Schatten der Äste. Dann kamen nur noch Schafwiesen.

Wie lange hatte ich das Meer nicht gesehen? Überrascht bemerkte ich, daß ich mich darauf freute. Ich trat auf das Gaspedal, jemand hupte. Kaminski schreckte auf, sagte etwas auf französisch und schlief wieder ein, ein Speichelfaden hing ihm am Mundwinkel. Häuser aus rotem Backstein tauchten auf, und dort war schon das Ortsschild. Eine Frau überquerte hochaufgerichtet die Straße. Ich hielt, kurbelte das Fenster hinunter und fragte nach dem Weg. Mit einer Kopfbewegung wies sie mir die Richtung. Kaminski wachte auf, bekam einen Hustenanfall, schnappte nach Luft, wischte sich den Mund ab und fragte ruhig: »Sind wir da?«

Wir fuhren zum letzten Straßenzug der Ortschaft. Die Nummern schienen ungeordnet, ich mußte die Straße zweimal in ihrer ganzen Länge abfahren, bis ich das richtige Haus fand. Ich hielt an.

Ich stieg aus. Es war windig und kühl, und falls es keine Einbildung war, roch man die Nähe des Meeres.

»War ich hier schon?« fragte Kaminski.

»Wohl nicht.«

Er drückte seinen Stock auf den Boden und versuchte aufzustehen. Er stöhnte. Ich ging um das Auto herum und half ihm. Ich hatte ihn noch nie so gesehen: Sein Mund war verzogen, seine Stirn zerfurcht, er sah erschrocken aus, beinahe ängstlich. Ich kniete mich hin und band seine Schuhbänder zu. Er leckte sich die Lippen, holte die Brille hervor und setzte sie umständlich auf.

»Ich dachte damals, daß ich sterben würde.«

Ich sah ihn überrascht an.

»Und das wäre besser gewesen. Alles andere war falsch. Weitermachen, so tun, als gäbe es noch etwas. Als wäre man nicht tot. Es war so, wie sie geschrieben hat. Sie war immer klüger.«

Ich öffnete meine Tasche und tastete nach dem Diktaphon.

»Dieser Brief war eines Morgens da. Einfach so.«

Mein Daumen berührte die Aufnahmetaste und drückte sie hinunter.

»Und die Wohnung war leer. Sie haben so etwas nie kennengelernt.«

Ob das Gerät durch die Tasche hindurch aufnahm? »Wieso glauben Sie, daß ich so etwas nie kennengelernt habe?«

»Man meint, man hat ein Leben. Und plötzlich ist alles weg. Kunst bedeutet nichts. Alles Illusion. Und man weiß es und muß weitermachen.«

»Gehen wir hinein«, sagte ich.

Es war ein Haus wie die anderen: zwei Stockwerke, ein spitzes Dach, Fensterläden, ein kleiner Vorgarten. Die Sonne war nicht zu sehen, über den Himmel zogen durchscheinende Wolken. Kaminski atmete schwer, besorgt musterte ich ihn. Ich läutete.

Wir warteten. Kaminskis Kiefer bewegten sich, seine Hand strich über den Griff seines Stockes. Und wenn niemand zu Hause war? Damit hatte ich nicht gerechnet. Ich läutete noch einmal.

Und noch einmal.

Ein dicklicher alter Herr öffnete die Tür. Er hatte dichte weiße Haare und eine knollige Nase, und er trug eine schlabberige Strickjacke. Ich sah Kaminski an, aber der sagte kein Wort. Er stand vorgebeugt, gestützt auf den Stock, den Kopf gesenkt und schien auf etwas zu horchen.

»Vielleicht haben wir die falsche Adresse«, sagte ich. »Wir wollen zu Frau Lessing.«

Der dicke Herr antwortete nicht. Er runzelte die Stirn und sah mich an, sah Kaminski an, sah wieder mich an, als wartete er auf eine Erklärung.

»Wohnt sie hier nicht?« fragte ich.

»Sie weiß, daß wir kommen«, sagte Kaminski.

»So ganz stimmt das nicht«, sagte ich.

Kaminski drehte sich langsam zu mir.

»Wir haben miteinander gesprochen«, sagte ich, »aber ich bin nicht sicher, ob ich das klargemacht habe. Ich meine … grundsätzlich waren wir uns einig, aber …«

»Führen Sie mich zum Wagen.«

»Das ist doch nicht Ihr Ernst!«

»Führen Sie mich zum Wagen.« So hatte er noch nie geklungen. Ich öffnete den Mund und schloß ihn wieder.

»Aber kommen Sie doch herein!« sagte der alte Herr. »Freunde von Theschen?«

»Sozusagen«, antwortete ich. Theschen?

»Ich bin Holm. Theschen und ich sind … Na ja, wir haben uns zusammengetan. Lebensabend gemeinsam.« Er lachte auf. »Theschen ist drinnen.«

Kaminski an meinem Arm schien sich nicht rühren zu wollen. Ich zog ihn sacht in Richtung der Tür, bei jedem Schritt stieß sein Stock klickend auf den Boden.

»Immer weiter!« sagte Holm. »Legen Sie ab!«

Ich zögerte, aber wir hatten nichts abzulegen. Ein schmaler Flur mit einem bunten Teppich und einer Fußmatte mit der Aufschrift *Herzlich Willkommen*. An drei Kleiderhaken hingen ein halbes Dutzend Strickjacken, auf dem Boden waren Schuhpaare aufgereiht. Ein Ölbild zeigte einen Sonnenaufgang, unter dem ein schelmischer Hase über ein Blumenbeet hoppelte. Ich holte das Diktaphon hervor und schob es unauffällig in meine Jackentasche.

»Folgen Sie mir!« sagte Holm und ging vor uns ins Wohnzimmer. »Theschen, rate mal!« Er sah sich nach uns um. »Entschuldigung, wie war der Name?«

Ich wartete, aber Kaminski schwieg. »Das ist Manuel Kaminski.«

»Er kennt dich von früher«, sagte Holm. »Erinnerst du dich?«

Ein helles Zimmer mit großen Fenstern. Gardinen mit Blumenmustern, gestreifte Tapeten, ein runder Eßtisch, eine Kredenz, hinter deren Glasscheibe sich Porzellanteller stapelten, ein Fernseher vor Sofa, Lehnstuhl und Couchtisch, an der Wand ein Telefon, daneben die Fotografie eines ältlichen Ehepaares und eine Reproduktion von Botticellis *Geburt der Venus*. Im Lehnstuhl saß eine alte Frau. Ihr Gesicht war rund, überzogen von Falten und Fältchen, ihre Haare formten einen weißen Ball. Sie trug eine rosa Wolljacke mit einer auf die Brust gestickten Blume, einen karierten Rock und Plüschpantoffeln. Sie schaltete den Fernseher aus und sah uns fragend an.

»Theschen hört nicht so gut«, sagte Holm. »Freunde! Von früher! Kaminski! Erinnerst du dich?«

Sie blickte, immer noch lächelnd, an die Decke. »Natürlich.« Beim Nicken wippte ihre Frisur. »Aus Brunos Firma.«

»Kaminski!« rief Holm.

Kaminski hielt meinen Arm so fest, daß es weh tat.

»Mein Gott«, sagte sie. »Du?«

»Ja«, sagte er.

Ein paar Sekunden war es still. Ihre Hände, winzig und wie aus Holz, strichen über die Fernbedienung.

»Und ich bin Sebastian Zöllner. Wir haben telefoniert. Ich habe Ihnen ja gesagt, daß wir uns früher oder später …«

»Wollt ihr Kuchen?«

»Was?«

»Kaffee muß man erst machen. Setzt euch doch!«

»Sehr freundlich«, sagte ich. Ich wollte Kaminski zu einem der Sessel führen, aber er rührte sich nicht.

»Ich habe gehört, du bist berühmt geworden.«

»Du hast es vorausgesagt.«

»Was habe ich? Gott, setzt euch doch. Es ist so lange her.« Sie zeigte, ohne einen Finger auszustrecken, auf die freien Stühle. Ich versuchte es noch einmal, Kaminski bewegte sich nicht.

»Wann haben Sie sich denn nun gekannt?« fragte Holm. »Muß lange her sein, Theschen hat nie etwas erzählt. Sie hat eine Menge erlebt.« Sie kicherte. »Doch, kann man schon sagen, da brauchst du nicht rot zu werden! Zweimal verheiratet, vier Kinder, sieben Enkel. Das ist doch was, oder?«

»Ja«, sagte ich, »schon.«

»Ihr macht mich nervös, wenn ihr steht«, sagte sie. »Das ist doch nicht gemütlich. Du siehst nicht gut aus, Miguel, setz dich.«

»Manuel!«

»Ja, ja. Setz dich.«

Mit aller Kraft schob ich ihn auf das Sofa zu, er stolperte vorwärts, griff nach der Lehne, ließ sich nieder. Ich setzte mich neben ihn.

»Zunächst ein paar Fragen«, sagte ich. »Ich möchte von Ihnen wissen…«

Das Telefon läutete. Sie griff nach dem Hörer, rief »Nein!« und legte auf.

»Kinder aus der Nachbarschaft«, sagte Holm. »Sie rufen mit verstellter Stimme an und meinen, wir merken das nicht. Aber da sind sie an den falschen geraten!«

»An den falschen.« Sie lachte spitz. Holm ging hinaus. Ich wartete: Wer von ihnen würde zuerst sprechen? Kaminski saß vorgebeugt da, Therese nestelte lächelnd am Aufschlag ihrer Jacke; einmal nickte sie, als wäre ihr ein interessanter Gedanke durch den Kopf gegangen.

Holm kam mit einem Tablett zurück: Teller, Gabeln, ein bräunlicher flacher Kuchen. Er zerschnitt ihn und gab mir eine Scheibe. Der Kuchen war staubtrocken, schwer zu kauen, fast unmöglich zu schlucken.

»Also.« Ich räusperte mich. »Was haben Sie damals gemacht, nachdem Sie gegangen waren?«

»Gegangen?« fragte sie.

»Gegangen«, sagte Kaminski.

Sie lächelte leer.

»Sie waren plötzlich verschwunden.«

»Klingt ganz nach Theschen«, sagte Holm.

»Ich habe den Zug genommen«, sagte sie langsam, »und bin in den Norden gefahren. Ich habe als Sekretärin gearbeitet. Ich war sehr allein. Mein Chef hieß Sombach, er hat immer zu schnell diktiert, und ich mußte seine Rechtschreibung verbessern. Dann habe ich Uwe getroffen. Wir haben nach zwei Monaten geheiratet.« Sie betrachtete ihre knotigen Hände, auf deren Rücken ein Geflecht von Adern hervortrat. Für einen Moment verschwand ihr Lächeln, und ihr Blick wurde schärfer. »Erinnerst du dich noch an diesen schrecklichen Komponisten?« Ich sah Kaminski an, aber der schien nicht zu wissen, wen sie meinte. Ihre Züge glätteten sich, das Lächeln kehrte zurück. »Jetzt hast du den Kaffee vergessen.«

»Hoppla!« sagte Holm.

»Lassen Sie nur«, sagte ich

»Wer nicht will, der hat schon«, sagte er und blieb sitzen.

»Wir hatten zwei Kinder. Maria und Heinrich. Aber die kennst du ja.«

»Woher soll ich sie kennen?« fragte Kaminski.

»Uwe hatte einen Autounfall. Jemand ist ihm entgegengekommen, ein Betrunkener, er war gleich tot. Hat nicht gelitten.«

»Das ist wichtig«, sagte Kaminski leise.

»Das Wichtigste. Als ich es hörte, dachte ich, ich sterbe auch.«

»Das sagt sie so«, sagte Holm. »Aber sie ist hart im Nehmen.«

»Zwei Jahre später habe ich Bruno geheiratet. Von ihm sind Eva und Lore. Lore wohnt drüben, in der Parallelstraße. Ihr müßt geradeaus fahren, die dritte links, dann noch einmal links. Dann seid ihr da.«

»Wo?« fragte ich.

»Bei Lore.« Ein paar Sekunden war es still. Wir sahen uns verwirrt an. »Da wolltet ihr doch hin!« Das Telefon läutete, sie hob ab, rief »Nein!« und legte auf. Kaminski faltete die Hände, sein Stock fiel zu Boden.

»In welchem Geschäft sind Sie?« fragte Holm.

»Er ist Künstler«, sagte sie.

»Ach!« Holm zog die Augenbrauen hinauf.

»Er ist bekannt. Du solltest in der Zeitung nicht nur den Sport lesen. Er war sehr gut.«

»Das ist lange her«, sagte Kaminski.

»Diese Spiegel«, sagte sie. »So unheimlich. Das erste Mal, daß du etwas gemacht hast, das nicht…«

»Was mich ärgert«, sagte Holm, »sind diese Bilder, auf denen man nichts erkennt. So etwas malen Sie aber nicht, oder?« Bevor ich mich wehren konnte, schob er mir noch ein Stück Kuchen auf den Teller; fast wäre es heruntergefallen, Krümel rieselten auf meinen Schoß. Er selbst, sagte Holm, habe Kräuterprodukte hergestellt, eine kleine Fabrik: Duschgel, Tees, Creme gegen Muskelkater. Heute gebe es nur wenig Vergleichbares, man müsse sich damit abfinden, ein gewisser Verfall liege im Wesen der Dinge. »Im Wesen der Dinge!« rief er. »Wollen Sie bestimmt keinen Kaffee?«

»Ich habe immer an dich gedacht«, sagte Kaminski.

»Wo es doch so lange her ist«, sagte sie.

»Ich habe mich gefragt...« Er schwieg.

»Ja?«

»Nichts. Du hast recht. Es ist lange her.«

»Was denn?« fragte Holm. »Nun müssen Sie es auch sagen!«

»Erinnerst du dich an deinen Brief?«

»Was ist eigentlich mit deinen Augen?« fragte sie. »Du bist doch Künstler. Ist das nicht schwierig?«

»Ob du dich an den Brief erinnerst!«

Ich bückte mich, hob den Stock auf und schob ihn in seine Hand.

»Wie denn? Ich war so jung.«

»Und?«

Ein nachdenklicher Ausdruck ging über ihr Gesicht. »Ich wußte nichts.«

»So wenig wußtest du nicht.«

»Das will ich meinen«, sagte Holm. »Immer wenn ich Theschen frage...«

»Halten Sie den Mund!« sagte ich. Er sog die Luft ein und starrte mich an.

»Nein, Manuel. Ich erinnere mich wirklich nicht mehr.« Ihre Mundwinkel zogen sich nach oben, ihre Stirn wurde glatt, sie drehte die Fernbedienung in der Hand, ohne die Finger zu krümmen.

»Die beste Geschichte kennen Sie gar nicht«, sagte Holm. »Das war Theschens fünfundsiebzigster Geburtstag, und alle waren da: Kinder, Enkel, endlich einmal alle zusammen. Niemand hat gefehlt. Und als sie dann *For she's a jolly good fellow* gesungen haben, genau in dem Moment, vor dem großen Kuchen...«

»Fünfundsiebzig Kerzen«, sagte sie.

»So viele nicht, dafür war kein Platz. Wissen Sie, was sie gesagt hat?«

»Es waren aber fünfundsiebzig!«

»Wir müssen gehen«, sagte Kaminski.

»Wissen Sie, was Sie gesagt hat?« Die Türglocke schrillte. »Nanu?« Holm stand auf und ging in den Flur, draußen hörte man ihn schnell und angeregt mit jemandem sprechen.

»Warum bist du nie gekommen?« fragte sie.

»Dominik hat gesagt, du wärst tot.«

»Dominik?« fragte ich. »Sie haben doch behauptet, Sie kennen ihn nicht.« Er runzelte die Stirn, Therese sah mich überrascht an, beide schienen vergessen zu haben, daß ich da war.

»Hat er das?« fragte sie. »Warum?«

Kaminski antwortete nicht.

»Ich war jung«, sagte sie. »Man macht komische Dinge. Ich war jemand anderer.«

»Das warst du wohl.«

»Du hast anders ausgesehen. Du warst größer und... hattest so viel Kraft. Solche Energie. Mir war schwindlig, wenn ich lange bei dir war.« Sie seufzte. »Jung sein ist eine Krankheit.«

»Das Fieber der Vernunft.«

»La Rochefoucauld.« Sie lachte leise. Kaminski lächelte einen Moment. Er beugte sich vor und sagte etwas auf französisch.

Sie lächelte. »Nein, Manuel, nicht für mich. Im Grunde hat alles danach angefangen.«

Ein paar Sekunden war es still.

»Was hast du denn nun gesagt?« fragte er heiser. »Bei deinem Geburtstag?«

»Wenn ich das wüßte!«

Holm kam zurück. »Sie wollte nicht hereinkommen, sie hat gesagt, sie wartet. Möchten Sie jetzt Kaffee?«

»Es ist schon spät«, sagte Kaminski.

»Sehr spät«, sagte ich.

»Sie sind doch gerade erst gekommen!«

»Wir könnten zusammen fernsehen«, sagte sie. »Gleich kommt das *Millionenspiel.*«

»Köhler ist ein guter Moderator!« sagte Holm.

»Ich habe gelesen, er wird heiraten«, sagte sie.

Kaminski beugte sich vor und reichte mir die Hand, ich half ihm beim Aufstehen. Mir schien, daß er noch etwas sagen wollte; ich wartete, doch er schwieg. Sein Griff um meinen Arm war schwach, kaum zu fühlen. In meiner Tasche spürte ich, ich hatte es fast vergessen, das noch laufende Diktaphon. Ich schaltete ab.

»Sind Sie öfters in der Gegend?« fragte Holm. »Sie müssen wiederkommen. Nicht wahr, Theschen?«

»Ich stelle dir dann Lore vor. Und ihre Kinder. Moritz und Lothar. Sie wohnen in der Parallelstraße.«

»Das ist schön«, sagte Kaminski.

»Was für eine Art Kunst machen Sie eigentlich?« fragte Holm.

Wir gingen in den Flur, Holm öffnete die Haustür. Ich drehte mich um, Therese war uns nachgekommen. »Gute Fahrt, Miguel!« sagte sie und verschränkte die Arme. »Gute Fahrt!«

Wir gingen durch den Vorgarten hinaus. Die Straße war leer, nur eine Frau schlenderte auf und ab. Ich bemerkte, daß Kaminskis Hand zitterte.

»Fahren Sie vorsichtig!« sagte Holm und schloß die Tür.

Kaminski blieb stehen und hob die andere Hand, die den Stock hielt, an sein Gesicht. »Es tut mir leid«, sagte ich leise. Ich brachte es nicht fertig, ihn anzublicken. Es war kalt geworden, ich schloß meine Jacke. Er lehnte schwer an meinem Arm.

»Manuel!« sagte ich.

Er antwortete nicht. Die Frau drehte sich um und kam auf uns zu. Sie trug einen schwarzen Mantel, und ihr Haar flatterte im Wind. Vor Überraschung ließ ich Kaminski los.

»Warum bist du nicht hereingekommen?« fragte Kaminski. Er schien nicht erstaunt.

»Er hat gesagt, ihr wärt gleich fertig. Da wollte ich es nicht in die Länge ziehen.« Miriam sah mich an. »Und jetzt geben Sie mir den Autoschlüssel!«

»Wie bitte?«

»Ich bringe das Auto zurück. Ich hatte ein langes Telefonat mit der Besitzerin. Ich soll Ihnen ausrichten, wenn Sie Schwierigkeiten machen, bekommen Sie eine Diebstahlanzeige.«

»Das war doch kein Diebstahl!«

»Das andere Auto, unseres, wurde inzwischen gefunden. Auf dem Parkplatz einer Raststätte, mit einem sehr höflichen Dankbrief. Wollen Sie ihn?«

»Nein!«

Sie nahm ihren Vater am Arm, ich schloß das Auto auf, sie half ihm auf die Rückbank. Er stöhnte leise, seine Lippen bewegten sich stumm. Sie schlug die Tür zu. Nervös holte ich die Schachtel mit den Zigaretten hervor. Es war nur noch eine einzige darin.

»Ich werde mir erlauben, Ihnen meinen Flug und die Taxifahrt hierher in Rechnung zu stellen. Ich verspreche Ihnen, das wird teuer.« Der Wind zerzauste ihre Haare, ihre Fingernägel waren zerkaut bis hinunter auf das Nagelbett. Die Drohung erschreckte mich nicht. Ich hatte nichts mehr, also konnte sie mir nichts wegnehmen.

»Ich habe nichts Falsches getan.«

»Natürlich nicht.« Sie stütze sich auf das Autodach. »Da ist ein alter Mann, den seine Tochter entmündigt hat, nicht wahr? Niemand hat ihm gesagt, daß seine Jugendliebe noch lebt. Sie wollten bloß helfen.«

Ich hob die Schultern. Im Auto ruckte Kaminskis Kopf vor und zurück, seine Lippen bewegten sich.

»So ist es.«

»Woher, glauben Sie, kenne ich diese Adresse?«

Ich sah sie verwirrt an.

»Ich weiß es seit langem. Ich habe sie schon vor zehn Jahren besucht. Sie hat mir seine Briefe gegeben, und ich habe sie zerrissen.«

»*Was* haben Sie?«

»Er wollte es. Wir wußten immer, daß jemand wie Sie kommen würde.«

Ich trat noch einen Schritt zurück und spürte den Gartenzaun im Rücken.

»Er wollte sie eigentlich nie wiedersehen. Aber seit der Operation wurde er sentimental. Er hat uns alle gebeten, mich, Bogovic, Clure, jeden, den er kennt. Er kennt nicht mehr viele Leute. Wir wollten es ihm ersparen. Sie müssen etwas gesagt haben, das ihn wieder auf die Idee brachte.«

»Was wollten Sie ihm ersparen? Diese dumme alte Frau zu treffen? Und diesen Idioten?«

»Dieser Idiot ist ein kluger Mann. Ich nehme an, er hat sich bemüht, die Situation zu retten. Sie wissen nicht, wie leicht und gerne Manuel weint. Sie wissen nicht, wie schlimm es hätte werden können. Und diese alte Frau hat sich vor langer Zeit von ihm befreit. Sie hatte ein Leben, für das er keine Bedeutung hatte.« Sie runzelte die Stirn. »Das haben nicht viele geschafft.«

»Er ist schwach und krank. Er manipuliert niemanden mehr.«

»Nein? Als Sie von dem Gefängnis gesprochen haben, mußte ich lachen. Da wußte ich, daß Sie genauso in seiner Hand waren wie wir alle. Hat er Sie nicht dazu gebracht, zwei Autos zu stehlen und ihn durch halb Europa zu fahren?«

Ich nahm die Zigarette zwischen die Lippen. »Zum letzten Mal, ich habe nicht ...«

»Hat er Ihnen von dem Vertrag erzählt?«

»Welchem Vertrag?«

Als sie den Kopf drehte, sah ich zum ersten Mal die Ähnlichkeit mit ihrem Vater. »Ich glaube, er heißt Behring. Hans ...«

»Bahring?«

Sie nickte. »Hans Bahring.«

Ich faßte an den Gartenzaun. Eine Metallspitze stach in meine Hand.

»Eine Artikelserie in einem Magazin. Über Richard Rieming, Matisse und das Paris der Nachkriegszeit. Erinnerungen an Picasso, Cocteau und Giacometti. Manuel hat stundenlang mit ihm gesprochen.«

Ich warf die Zigarette weg, ohne sie angezündet zu haben. Ich faßte den Zaun fester an, noch fester, so fest ich konnte.

»Das soll aber nicht heißen, daß Sie unser Haus ganz umsonst durchsucht haben.« Ich ließ den Zaun los, über meine Hand lief ein dünnes Rinnsal Blut. »Vielleicht hätten wir es Ihnen früher sagen sollen. Aber Ihnen bleibt ja der Rest: seine Kindheit, die lange Zeit in den Bergen. Sein ganzes Spätwerk.«

»Er hat kein Spätwerk.«

»Richtig«, sagte sie, als wäre ihr das jetzt erst eingefallen. »Dann wird es ein dünnes Buch.«

Ich bemühte mich, ruhig zu atmen. Ich sah in das Auto: Kaminskis Kiefer bewegten sich, seine Hände umklammerten den Stock. »Wohin fahren Sie jetzt?« Meine Stimme schien mir von weit her zu kommen.

»Ich suche ein Hotel«, sagte sie. »Er hat…«

»Seinen Mittagsschlaf versäumt.«

Sie nickte. »Und morgen fahren wir zurück. Ich gebe das Auto zurück, dann nehmen wir den Zug. Er…«

»Fliegt nämlich nicht.«

Sie lächelte. Als ich ihren Blick erwiderte, begriff ich, daß sie Therese beneidete. Daß sie nie ein Leben geführt hatte als seines, daß auch sie ohne Geschichte war. Wie ich. »Seine Medikamente sind im Handschuhfach.«

»Was ist Ihnen passiert?« fragte sie. »Sie sehen anders aus.«

»Anders?«

Sie nickte.

»Kann ich mich von ihm verabschieden?«

Sie trat zurück und lehnte sich an den Gartenzaun. Ich öffnete die Fahrertür. Meine Knie waren immer noch schwach, es tat gut, mich ins Auto zu setzen. Ich schloß die Tür, damit sie uns nicht hören konnte.

»Ich will ans Meer«, sagte Kaminski.

»Sie haben mit Bahring gesprochen.«

»Heißt er so?«

»Sie haben mir nichts davon gesagt.«

»Ein freundlicher junger Mann. Sehr gebildet. Ist das wichtig?«

Ich nickte.

»Ich will ans Meer.«

»Ich wollte mich von Ihnen verabschieden.«

»Kommen Sie nicht mit?«

»Ich denke nicht.«

»Das wird Sie überraschen. Aber ich mag Sie.«

Ich wußte nicht, was ich antworten sollte. Es überraschte mich wirklich.

»Haben Sie noch den Autoschlüssel?«

»Warum?«

Sein Gesicht zerknitterte, seine Nase sah sehr dünn und scharf gezeichnet aus. »Sie wird mich nicht zum Wasser bringen.«

»Und?«

»Ich war noch nie am Meer.«

»Nicht möglich!«

»Als Kind hat es sich nicht ergeben. Später hat es mich nicht interessiert. In Nizza wollte ich nur Matisse sehen. Ich dachte, ich hätte genug Zeit. Jetzt wird sie mich nicht hinbringen. Das ist die Strafe.«

Ich sah zu Miriam hinüber. Sie lehnte am Zaun und sah uns ungeduldig an. Ich zog vorsichtig den Schlüssel aus der Tasche.

»Sind Sie sicher?« fragte ich.

»Sicher.«

»Wirklich?«

Er nickte. Ich wartete noch eine Sekunde. Dann drückte ich den Verriegelungsknopf, und mit einem Klicken schlossen sich alle vier Türen ab. Ich steckte den Schlüssel ins Schloß und ließ den Motor an. Miriam sprang vor und faßte nach dem Türgriff. Während wir anfuhren, rüttelte sie daran, als ich beschleunigte, schlug sie mit der Faust gegen das Fenster, ihre Lippen formten ein Wort, das ich nicht verstand, ein paar Schritte lief sie neben uns, dann sah ich schon im Rückspiegel, wie sie stehenblieb, die Arme fallenließ und uns nachblickte. Plötzlich tat sie mir so leid, daß ich stehenbleiben wollte.

»Nicht halten!« sagte Kaminski.

Die Straße dehnte sich, die Häuser zogen vorbei, schon war das Dorf zu Ende. Die Wiesen öffneten sich. Wir waren im freien Land.

»Sie weiß, wohin wir fahren«, sagte er. »Sie nimmt ein Taxi und kommt uns nach.«

»Warum haben Sie mir nichts von Bahring gesagt?«

»Es ging nur um Paris und den armen Richard. Ihnen bleibt alles andere. Das ist doch genug.«

»Nein, es ist nicht genug.«

Die Straße beschrieb eine weite Kurve, in der Ferne sah ich die künstliche Wölbung eines Deichs. Ich fuhr an den Straßenrand und hielt.

»Was ist?« fragte Kaminski.

»Einen Moment«, sagte ich und stieg aus. Hinter uns zeichneten sich noch die Häuser des Dorfes ab, vor uns war der Deich. Ich breitete die Arme aus. Es roch nach Seetang, der Wind war sehr stark. Ich würde also nicht berühmt werden. Kein Buch würde erscheinen, ich bekam keinen Posten, nicht bei Eugen Manz und nicht anderswo. Ich hatte keine Wohnung mehr, ich hatte kein Geld. Ich wußte nicht, wohin ich gehen sollte. Ich atmete tief ein. Warum war mir so leicht zumute?

Ich stieg wieder ein und fuhr los. Kaminski rückte an seiner Brille. »Wissen Sie, wie oft ich mir diesen Besuch vorgestellt habe?«

»Das Millionenspiel«, sagte ich. »Bruno und Uwe. Herr Holm und seine Kräuterprodukte.«

»Und dieser Sonnenaufgang.«

Ich nickte und rief mir die Szene zurück: das Wohnzimmer, die Tapeten, Holms Geschwätz, das freundliche Gesicht der Alten, das Gemälde im Flur. »Einen Moment. Wieso wissen Sie davon?«

»Wovon?«

»Sie haben mich verstanden. Wieso wissen Sie von dem Bild?«

»Ach, Sebastian.«

XIII

Über den Himmel spannte sich ein feines Wolkennetz. Das Meer war in der Nähe des Strandes grau, weiter draußen fast silbern. Ein Sonnenschirm steckte geknickt im Sand, hundert Meter von uns ließ ein Junge einen Drachen steigen, in der Ferne zog ein einsamer Spaniel seine Leine auf und ab; hin und wieder trug der Wind sein Bellen herüber. Der Junge klammerte sich an die Schnur, das Viereck aus Stoff hing knatternd im Wind, es schien kurz vor dem Zerreißen. Ein Holzsteg, an dem im Sommer wohl Boote anlegten, streckte sich über das Wasser. Kaminski ging vorsichtig neben mir, es fiel ihm schwer, das Gleichgewicht zu halten, der Sand klebte an den Schuhen. Der Boden war übersät mit zerbrochenen Muscheln. Die Wellen trugen ihre Schaumkronen heran, rollten über den Sand, zogen sich zurück.

»Ich will mich setzen«, sagte Kaminski. Er hatte wieder den Schlafrock angezogen, der zerknitterte Stoff umflatterte ihn. Ich stützte ihn, vorsichtig ließ er sich nieder. Er zog die Beine an und legte den Stock neben sich. »Kaum zu glauben. Da wäre ich fast gestorben, ohne hiergewesen zu sein.«

»Sie sterben noch lange nicht.«

»Unsinn!« Er legte den Kopf in den Nacken, der Wind zerrte an seinen Haaren, eine hohe Welle schleuderte uns einen Schauer entgegen. »Ich sterbe bald.«

»Ich muß …« Es fiel mir schwer, den Lärm der Brandung zu übertönen. »… noch einmal zurück. Meine Koffer holen.«

»Haben Sie darin etwas, das Sie brauchen?«

Ich überlegte. Hemden, Hosen, Unterwäsche und Socken, Fotokopien meiner Artikel, Schreibzeug und Papier, ein paar Bücher. »Ich habe nichts.«

»Dann werfen Sie es weg.«

Ich starrte in seine Brillengläser. Er nickte.

Ich zog meine Tasche an mich und ging langsam auf den Steg zu. Ich trat darauf, das Holz knarrte unter mir, und ging bis ans Ende.

Ich holte das Diktaphon hervor. Ich betrachtete es, drehte es zwischen den Fingern, schaltete es ein und wieder aus. Dann schleuderte ich es weg. Es stieg auf, ein glänzender Fleck, schien einen Moment stehenzubleiben und noch einmal um ein weniges zu steigen. Dann sank es und verschwand im Wasser. Ich rieb mir die Augen. Meine Lippen schmeckten salzig. Ich öffnete die Tasche.

Ich warf die erste Tonbandkassette, aber sie flog nicht weit, sie war wohl zu leicht. Bei der nächsten gab ich mir weniger Mühe, die übernächste ließ ich bloß fallen, beugte mich vor und sah zu, wie sie noch ein paar Sekunden schwamm, von einer Welle gehoben, von einer anderen überspült wurde, sank. Einige schwammen länger. Eine wurde weit in die Richtung des Strandes getrieben; fast wäre sie dort angekommen, aber dann faßte eine Welle nach ihr, und sie war verschwunden.

Ich atmete tief ein. In der Ferne bewegte sich ein Schiff, ich erkannte die Deckaufbauten, den langen Arm eines Krans, die wirbelnden Flecken des Möwenschwarms, der ihm folgte. Ich holte den Notizblock hervor.

Ich blätterte darin. Seite um Seite, eng beschrieben in meiner krakeligen Schrift; dazwischen Dutzende Fotokopien aus Büchern und alten Zeitungen, immer wieder die rot unterstrichenen Buchstaben *M.K.* Ich riß die erste Seite heraus, zerknüllte sie und ließ sie fallen. Riß die zweite heraus, zerknüllte sie und ließ sie fallen, riß die nächste heraus. Nach kurzem war das Meer um mich bedeckt von weißen Bällen. Der Junge hatte den Drachen eingeholt und beobachtete mich.

In meiner Brusttasche fand ich noch ein Stück Papier: ein Gewirr von Linien, zwischen denen sich, nun sah ich es deutlich, eine Menschengestalt abzeichnete. Ich steckte das Blatt wieder ein. Ich zog es hervor, sah es an und steckte es ein. Ich zog es hervor und ließ es fallen, die Wellen verschluckten es sofort. Der Junge nahm den Drachen unter den Arm und ging davon. Der Frachter stieß einen dumpfen Laut aus, eine kleine Rauchsäule stieg auf, verformte sich im Wind, verblaßte. Feuchtigkeit drang durch meine Kleidung, allmählich wurde mir kalt.

Ich ging zurück ans Ufer. Der Spaniel war näher gekommen. Ob jemand nach ihm suchte? Die Tasche hing leicht an meiner Schulter, es war nur noch die Kamera darin.

Die Kamera?

Ich blieb stehen, holte sie hervor und wog sie in der Hand. Die ganze Serie seiner letzten Gemälde. Ich legte den Daumen auf den Knopf, der die Rückklappe öffnen und den Film belichten würde.

Ich zögerte.

Mein Daumen zog sich, wie von selbst, von dem

Knopf zurück. Langsam steckte ich den Apparat ein. Morgen war auch noch ein Tag; und genug Zeit, um nachzudenken. Ich ging zu Kaminski und setzte mich neben ihn.

Er streckte die Hand aus. »Der Schlüssel!«

Ich gab ihm den Autoschlüssel. »Sagen Sie ihr, daß es mir leid tut.«

»Wem von den zweien?«

»Beiden.«

»Was werden Sie jetzt tun?« fragte er.

»Ich weiß es nicht.«

»Gut!«

Plötzlich mußte ich lachen. Ich berührte ihn an der Schulter, er hob den Kopf, für einen Moment legte seine Hand sich auf meine. »Viel Glück, Sebastian.«

»Ihnen auch.«

Er nahm die Brille ab und legte sie neben sich. »Und jedem auf der Welt.«

Ich stand auf und ging langsam rückwärts, gegen den knirschenden Widerstand des Sandes. Kaminski streckte die Hand aus, der Hund trottete zu ihm und schnüffelte daran. Ich wandte mich ab. So viele Entscheidungen. Der Himmel war niedrig und weit, allmählich löschten die Wellen meine Spuren aus. Die Flut kam.